Sob o Sol do Exílio

Impresso no Brasil, dezembro de 2014

Título original: *Sous le soleil de l'exil*
Copyright © Grasset & Fasquelle, 2003
Todos os direitos reservados.

Os direitos desta edição pertencem a
É Realizações Editora, Livraria e Distribuidora Ltda.
Caixa Postal: 45321 · 04010 970 · São Paulo SP
Telefax: (5511) 5572 5363
e@erealizacoes.com.br · www.erealizacoes.com.br

Editor
Edson Manoel de Oliveira Filho

Gerente editorial
Sonnini Ruiz

Produção editorial
William C. Cruz

Preparação de texto
Vero Verbo Serviços de Editoração

Revisão
Danielle Mendes Sales

Capa e projeto gráfico
Mauricio Nisi Gonçalves / Estúdio É

Diagramação e editoração
André Cavalcante Gimenez / Estúdio É

Pré-impressão e impressão
Paym Gráfica

Reservados todos os direitos desta obra. Proibida toda e qualquer reprodução desta edição por qualquer meio ou forma, seja ela eletrônica ou mecânica, fotocópia, gravação ou qualquer outro meio de reprodução, sem permissão expressa do editor.

SÉBASTIEN LAPAQUE

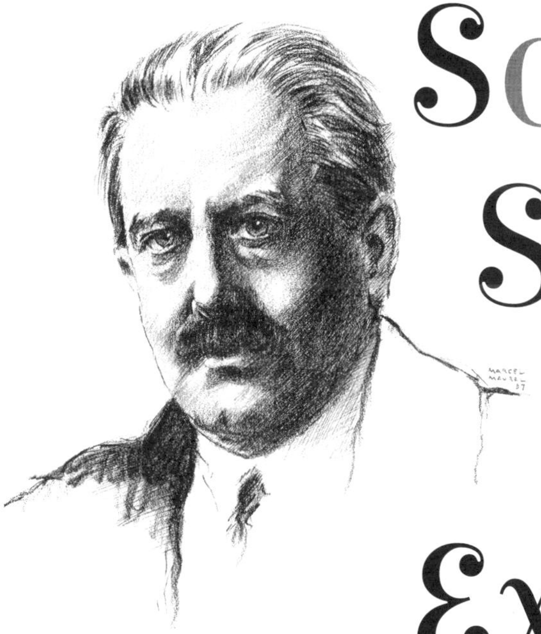

Sob o Sol do Exílio

Georges Bernanos no Brasil
(1938-1945)

Tradução de Pablo Simpson

Paulo Joanno filio meo natu minimo

Pode-se dizer que, sem sabê-lo,
os exilados estão perto de algum sol,
pois rapidamente amadurecem.

Victor Hugo, Océan

Georges Bernanos na casa de seu amigo Virgílio de Mello Franco.

Sumário

1. Fugir! Fugir para lá! 11

2. Com Proudhon, contra Maurras 19

3. Uma utopia sob o trópico 32

4. Em busca do rei escondido 46

5. *Senhor Ouine* em Pirapora 62

6. Saudades do Bernanos 78

7. O encontro com Stefan Zweig 96

8. O monge e o profeta 109

9. Brasil, país do futuro 122

10. O último sol 134

1

FUGIR! FUGIR PARA LÁ!

VAMOS MOSTRAR UM POUCO O QUE É A FLORESTA
VIRGEM, OS RIOS GIGANTES, A MATA, A SELVA,
O SOL, OS TRÓPICOS, O HOMEM BRANCO QUE
DESEMBARCA EM TUDO ISSO, QUE SUBMETE UM
PAÍS, QUE SE FORJA UMA NOVA PÁTRIA.

Blaise Cendrars, *Demais, É Demais*

O ar está morno, úmido, intenso, nesta quinta-feira, 31 de maio de 2001, no Aeroporto Tom Jobim, na Ilha do Governador, no Rio de Janeiro.

No *hall* de chegada, poucos viajantes empurram carrinhos trazendo as marcas de cerveja locais: Brahma, Skol, Antarctica. No hotel Miramar, na avenida Atlântica em Copacabana, conto o objetivo de minha viagem ao recepcionista. Ele não parece surpreso quando lhe falo do autor do *Diário de um Pároco de Aldeia*,[1] que viveu um exílio brasileiro, no Rio e em outros lugares, entre 1938 e 1945.

– Bernanos? O escritor francês? Conheço-o. A escola primária onde fiz meus estudos leva seu nome. *Escola Municipal George Bernanos*. No bairro do Méier, depois do Maracanã. Eu lhe passarei o endereço.

---

[1] Em edição brasileira contemporânea, ver: Georges Bernanos, *Diário de um Pároco de Aldeia*. Trad. Edgar Godói da Mata-Machado. São Paulo, É Realizações, 2011. (N. E.)

Lembro-me de fotografias e cartazes retratando sua vida. Foi graças a ele que tive vontade de aprender francês. Diriam que eu estou inventando. Normal. Eu mesmo pensei em uma armação. Quem teria me preparado essa brincadeira? Ninguém. Esse recepcionista tem a minha idade. Trabalha em um hotel internacional e conhece o nome de Bernanos. Bem-vindo ao Brasil.

Para me recuperar, ando um pouco à beira da praia. É o outono austral no Rio. O cheiro selvagem da cidade é o de todos os outonos da terra. O de 31 de maio de 1945, há exatos cinquenta e seis anos, quando Georges Bernanos diz adeus ao Rio, "a cidade triunfante, saída toda branca e como que ainda reluzente da espuma das praias douradas do mar, depois arremessada de montanha em montanha ao assalto do azul", ao subir uma última vez o Corcovado ao lado de Pedro Octavio Carneiro da Cunha, escritor e historiador carioca que deixou um precioso diário desses últimos momentos passados junto ao escritor. Nesse 31 de maio, as confidências de Bernanos o comovem particularmente: "Nunca tive a sensação que tenho agora, senão nos tempos do colégio, às vésperas do retorno das férias: ter de realizar uma coisa inteiramente contra a minha vontade. Voltar à França agora".

Dois dias mais tarde, Bernanos embarca num cargueiro de bananas holandês, com sua mulher e quatro de seus seis filhos – Yves, Claude, Dominique, Jean-Loup – aos quais se somam Elsa, esposa de seu filho mais velho, e sua neta Marie-Madeleine. Direção: Europa.

"Seu rosto estava molhado de um suor frio", observa Pedro Octavio. Como João VI, rei português que veio abrigar-se no Brasil após a invasão francesa de 1807, o escritor não queria retornar à Europa. E, como João VI, voltou contra sua vontade. A defesa de sua coroa havia chamado este. Um telegrama do general De Gaulle, o outro: "Bernanos, seu lugar é entre nós".

Visto da França, esse episódio sul-americano impressiona. Tentamos em vão enumerar os lugares onde viveu Bernanos – Rio,

1. FUGIR! FUGIR PARA LÁ!

Itaipava, Vassouras, Juiz de Fora, Pirapora, Barbacena –, buscar a localização num mapa; eles permanecem misteriosos. Atordoam-nos esses patrônimos exóticos, esses amigos brasileiros evocados pelo escritor em sua obra e em suas cartas: Virgílio de Mello Franco, Alceu Amoroso Lima, Augusto Frederico Schmidt, Raul Fernandes, Jorge de Lima, Geraldo França de Lima, Assis Chateaubriand, Austregésilo de Athayde... Cinquenta e seis anos depois da partida de Bernanos, uma passagem de avião, alguns números de telefone e um punhado de endereços me possibilitaram vir buscar debaixo da cinza as brasas de uma memória prestes a se renovar. Impossível recusar um encontro como esse.

Bernanos passou sete anos no Brasil. Sete anos em meio aos quais assistiu à derrota da França, denunciada em artigos em português na imprensa brasileira. A consequência disso constitui um canto de cólera e esperança que Charles Ofaire, editor suíço exilado na América do Sul, publicou em francês no Rio, a partir de 1943, nos volumes de *Le Chemin de la Croix-des-Âmes* [O Caminho de Cruz das Almas].

De Marselha, onde o escritor embarcou para a América do Sul em julho de 1938, a Cruz das Almas, onde se instalou em agosto de 1940, o caminho foi longo.

Sob o trópico, Bernanos viveu a errância como uma virtude evangélica. Teve terraços de paquete e cabanas de vaqueiro, varandas de café e pobres casas sem portas nem janelas, cercadas por araras excêntricas e jacarés cor de lama; momentos de esperança e instantes de abandono; gargalhadas e gritos de raiva; crianças revoltadas e parentes prostrados; desencontros e partidas precipitadas. Livre na mão de Deus, o cristão Bernanos nunca reclamou dessa grande confusão de sentimentos e humores.

Como se essa errância perpétua, esse descanso incessantemente adiado, respondesse a um imperativo evangélico. "Pensem em mim como uma espécie de viajante, de aventureiro. [...] Se entrar no céu, gostaria que fosse nessa qualidade de vagamundo."

Dessa aventura brasileira, singular para um escritor francês, mais singular ainda para um homem de cinquenta anos acompanhado por sua mulher e seus seis filhos, há o que compreendemos nos livros. A celebração do Brasil em *O Caminho de Cruz das Almas*; a pintura do cerrado em *Les Enfants Humiliés* [As Crianças Humilhadas]; a evocação da floresta do trópico, as improvisações sobre o ciclo das estações. Há o que pertence à lenda. A partida de um escritor desgostoso com a atmosfera de renúncia às vésperas dos acordos de Munique. A aflição de um católico revoltado com o comprometimento de certa hierarquia eclesiástica com o fascismo. Um exílio voluntário em que a distância e a angústia, atadas à dureza de um destino pessoal agitado, confrontaram subitamente um homem com a História.

Como tantos outros antes dele, Bernanos chegou ao Brasil trazido por ventos contrários. Havia partido em busca de uma "estrada perdida, apagada da memória dos homens" que levaria ao Eldorado. Em busca de uma quimérica "passagem do Sudoeste", queria estabelecer-se no Paraguai. Desde a adolescência, esse país imaginário o assombrava como Índias que não figuram em nenhum mapa.

Pouco depois da Primeira Guerra Mundial, antes de ter publicado *Sob o Sol de Satã*,[2] ele já o havia situado em uma novela impressionante. Se *Une Nuit* [Uma Noite] concentra alguns dos temas que a sinfonia bernanosiana permite ouvir, ela surpreende pela visão premonitória das decepções futuras. Como se Bernanos tivesse sentido muitas coisas através do destino de sua personagem principal, "francês de vinte e cinco anos, rico cedo demais e órfão, que, confiando nos manuais de colonização ou nas informações técnicas fornecidas pelos consulados, com uma carta de crédito no bolso, viera subitamente das margens do Sena às do Guadarrama para ilusórias explorações florestais".

---

[2] Em edição brasileira contemporânea, ver: Georges Bernanos, *Sob o Sol de Satã*. Trad. Jorge de Lima. São Paulo, É Realizações, 2010. (N. E.)

1. FUGIR! FUGIR PARA LÁ!

Quinze anos depois da redação desse texto, o escritor continua a ruminar as imagens de um Paraguai de seduções edênicas. Sua ruptura com a Ação Francesa, na primavera de 1932, despertou seu desejo de partir. Bernanos sonha com uma propriedade rural e cabeças de gado capazes de garantir-lhe a liberdade de escrever os livros que quisesse, "ainda que tivessem de ser publicados postumamente".

"Estou desta vez *absolutamente* decidido a me mandar", escreve à sua amiga Marie Vallery-Radot em maio de 1934. "Para onde? Para o país dos gambás, evidentemente, ao Paraguai. Por quê? Porque o clima é saudável, o calor moderado, com muita caça e peixe, e porque, em 1914, a quinze quilômetros de Assunção, cidade de 120 mil habitantes, cheia de pensionatos jesuítas, colégios, etc., uma vaca era vendida a 28 francos, um cavalo, a 30. Acrescente-se que a banana, a laranja, a manga e a cana-de-açúcar estão à disposição de quem gosta."

Em outubro de 1934, o escritor ruma ao Sul, mas não tão longe quanto esperava. Detém-se nas ilhas Baleares, onde vive por três anos. Teria talvez ficado mais tempo na Espanha sem o início da guerra civil que o obriga a sacrificar suas últimas ilusões sobre os "homens da ordem". Ao retornar de Maiorca, em abril de 1937, sua raiva só aumentou, mas seus sonhos do trópico permanecem intactos.

Jacques Maritain, com quem renovou os laços fundados em uma comum aversão pela cruzada franquista, é o confidente privilegiado desses meses. Numa carta de maio de 1938, declara: "Quero ir o quanto antes ao Paraguai, com minha pequena tribo. É absolutamente impossível adaptar-se a uma Europa totalitária".

Nenhum capricho de criança mimada, nenhum amor romântico pelas terras virgens em sua partida apressada à América do Sul no verão seguinte. O escritor quer, de fato, fundar uma "aldeia da antiga França" no Paraguai, à maneira dos aventureiros dos séculos passados.

Com sua família, arregimentou voluntários. Jean Bénier, um jovem médico de Marselha, que lhe seguiu outrora em sua ruptura com Maurras, acompanhou-o nessa nova sedição, levando consigo sua mulher e suas duas crianças. Guy Hattu, o sobrinho do escritor retido na Europa pelo serviço militar, prometeu atravessar o Atlântico tão logo fosse possível. Stat Prassinos, um homem de negócios grego que encontrou em Maiorca, prontificou-se igualmente. No total, serão catorze. O bastante para desafiar as fatalidades e lançar as bases de uma aldeia francesa sob os trópicos.

Com isso, Bernanos prolonga uma extensa linhagem de aventureiros utopistas e sonhadores franceses que vieram enganar o desencanto sob a Cruz do Sul, e especialmente no Brasil, esse país com seduções de paraíso perdido. Assim o fizera Nicolas de Villegaignon, fundador em 1555 da "França antártica" na baía do Rio; Daniel de La Touche, pai da "França equinocial", estabelecido temporariamente na costa setentrional do Brasil entre 1612 e 1615; o doutor Benoist Jules Mure, iniciador do falanstério fourierista[3] de Sahi, no estado de Santa Catarina, em 1840; Jean Maurice Faivre, promotor da colônia Dona Tereza em Ivahy, em 1847; Charles Perret-Gentil, organizador da colônia Superaguy, em 1852.

Só Bernanos podia sonhar em sucedê-los como herdeiro dos gloriosos capitães da grande aventura capeciana[4] e ao mesmo tempo da heroica horda do socialismo utópico.

Depois deles, o autor de *Grandes Cemitérios* se apressa a escrever algumas páginas suplementares de uma longa história de amor franco--brasileira que começou com Montaigne e Jean de Léry, o autor de *Singularités de la France Antarctique* [Singularidades da França Antártica] – que Bernanos terá a oportunidade de ler e amar –, e se prolongou até o século XX com Blaise Cendrars, herói das vanguardas modernistas paulistas durante suas três longas temporadas nos anos 1920.

Contudo, Bernanos não parte em direção à América para ocupar uma posição. Ele embarca porque não consegue fazer de outro modo, arrancando-se do cais do porto de Marselha como de uma nostalgia de

---

[3] Referência a Charles Fourier, socialista francês do século XIX. (N. T.)
[4] Referente à dinastia iniciada com Hughes Capet, rei dos francos, no século X. (N. T.)

pedra. Com cinquenta anos, uma série de nós atravancam sua liberdade. Zombou do grande medo dos conservadores, disse a sua cólera e a sua amargura às direitas francesas em *Os Grandes Cemitérios sob a Lua*, mas lhe restam contas a acertar. Sua ruptura com Maurras, sua aversão pelo fascismo associado a um constante desdém pela democracia – que ele vê como as duas faces de uma mesma moeda nascida da racionalidade moderna – impedem-no de se situar.

"Quem foi maurrasiano e não o é mais corre o risco de não ser mais nada", constata no início de sua temporada brasileira.

Seu antissemitismo é outro nó. Herdeiro de uma tradição política que fez do judeu plutocrata o símbolo do capitalismo triunfante, Bernanos recusa a renegar-se, porém pesa a ambiguidade criminosa de que estão carregadas algumas teorias desde a chegada de Hitler ao poder. Em *Os Grandes Cemitérios sob a Lua*, não exprime nenhuma ilusão sobre as condições do triunfo da vontade nazista. Como continuar a reclamar-se de Drumont, a reivindicar uma mistura de antijudaísmo cristão e judeofobia mundana? Bernanos deve inventar outra coisa. Para isso, é preciso fugir do turbilhão envenenado da política europeia. Contra a tentação da "França só", ele pressente que será útil, para permanecer francês, tomar em consideração outra coisa que não a França.

Partir! No pior momento do século XX, na hora da vergonha, serão alguns que farão essa escolha. Partir é colocar-se em situação de permanecer como uma consciência livre, preparar-se para "andar rumo à honra como se anda em direção ao canhão" – segundo os termos de uma carta dirigida a Gaston Gallimard em dezembro de 1947.

Último nó, sua obra romanesca. Até esse instante, haviam sido publicados *Sob o Sol de Satã*, em 1926, *L'Imposture* [A Impostura], em 1927, *La Joie* [A Alegria], em 1929, *Un Crime* [Um Crime], em 1935, *Diário de um Pároco de Aldeia*, em 1936, *Nova História de Mouchette*,[5]

---

[5] Em edição brasileira contemporânea, ver: Georges Bernanos, *Nova História de Mouchette*. Trad. Pablo Simpson. São Paulo, É Realizações, 2011. (N. E.)

em 1937. Uma obra forte, concentrada em vinte anos de escrita, à qual o escritor sente que pode ainda acrescentar algo. No entanto, não consegue mais voltar a ela, obcecado pelos acontecimentos sangrentos que vê na Espanha. O sucesso de seus últimos livros não apagou o sofrimento que lhe causa o manuscrito de *Monsieur Ouine* [Senhor Ouine], no qual trabalha desde 1931, sem conseguir concluí-lo. Bernanos deixa seu manuscrito com Pierre Belperon da editora Plon e leva na bagagem uma cópia datilografada. Pensa ainda numa vida de Joana d'Arc,[6] numa vida de Jesus, mesmo sem ter escrito nenhuma página de ficção há três anos.

Muitos nós, muitos elos.

Um único desenlace possível. O exílio.

---

[6] A respeito de Joana d'Arc, Bernanos chegou a publicar *Jeanne Relapse et Sainte*. Em edição brasileira, ver: *Joana, Relapsa e Santa*. Trad. Pedro Sette-Câmara. São Paulo, É Realizações, 2013. (N. E.)

2

COM PROUDHON, CONTRA MAURRAS

TÃO LOGO SE PÕE A MÃO NUMA FAZENDA
FORTIFICADA CERCADA POR DEZ HECTARES
DE VINHEDOS, RECOMEÇA-SE UMA
DINASTIA CAPECIANA.

Dominique de Roux, *Immédiatement*

Na origem da partida de Bernanos e dos seus para a América do Sul há um sonho adolescente, o projeto de uma "Nova França" fundada no Paraguai com um punhado de jovens intrépidos. Uma resolução que remontava ao ano de 1912.

O futuro escritor não tinha vinte e cinco anos. Desde 1908, militava na Ação Francesa, propagandista do rei[1] apaixonadamente engajado no seio de um grupo de jovens com belos nomes – Guy de Bouteiller, Ernest de Malibran, Maxence de Colleville – que se haviam denominado "homens de guerra". Bernanos não tinha vinte e cinco anos e já fazia a experiência do *desengano*, da desilusão educadora, cara à alma lusitana pela qual revelava uma secreta atração – eu direi em que circunstâncias romanescas. Julgando a vida maçante sob o céu de Paris, Bernanos e seus amigos haviam decidido partir para a aventura, "com os riscos promissores", sob as latitudes mais

---

[1] Em francês, *Camelot du roi:* grupo de militantes responsáveis pela venda dos jornais da Ação Católica nas ruas de Paris, ativos entre 1908 e 1936. (N. T.)

atraentes. Desesperados por não verem realizar-se a manobra política prometida por Maurras, sonhavam com um falanstério nos trópicos. O Paraguai se havia imposto por si mesmo, pela beleza de seu nome e pelo poder dos sonhos.

Diretor de estudos no liceu francês do Rio no momento da chegada ao Brasil de Georges Bernanos, Jacques Boudet se lembrava de algumas confidências. "Bem menino, folheando seu Atlas, havia ficado seduzido com o nome de Pernambuco que brilhava na ponta do continente; e, sobretudo, o nome do Paraguai havia ressoado em seus ouvidos, o nome dessa pequena república perdida no meio das terras."

Foram primeiro ao Paraguai Guy de Bouteiller e Maxence de Colleville. Ernest de Malibran juntou-se a eles em março de 1914. Nomeado redator-chefe de *L'Avant-Garde de Normandie,* em setembro de 1913, Bernanos não dispunha da mesma disponibilidade.

Apesar de seus primeiros desapontamentos com a direção do movimento maurrasiano, havia aceitado devotar-se inteiramente à difusão das ideias da Ação Francesa que o colocou à frente de seu hebdomadário de Rouen – a tempo de polemizar com Alain, cronista encarregado por *La Dépêche de Rouen.*

Pois Bernanos era monarquista. Era-o "como se bebe, como se come, como se faz amor aos vinte anos". Monarquista de coração, seguindo seu pai Émile Bernanos, tapeceiro como o de Molière. Nostálgico de uma Idade Média idealizada, cheia de cores e lealdades com que haviam sonhado Walter Scott, Balzac e Barbey d'Aurevilly, admirador da rebelião de Vendée,[2] apaixonado por uma Antiga França meio-real, meio-sonhada, quando reis esposavam-se com pastoras, meninas comandavam exércitos e poetas se revelavam para dirigir a palavra aos mendigos. Monarquista de razão, em seguida, inebriado pela reconquista da juventude empreendida pela Ação Francesa desde sua criação em 1899.

---

[2] Guerra de Vendée, no oeste da França, entre 1793 e 1796. (N. T.)

"Um socialista proudhoniano atraído pela monarquia", dirá mais tarde. Que não tomem isso por uma brincadeira. *Les Femmelins* de Proudhon, violento libelo contra o romantismo burguês, tanto quanto a *Enquête sur la Monarchie* de Maurras, foram seus livros de cabeceira. O profeta de Besançon não é estranho a seu sonho de uma Nova França nos trópicos e à sua ida à América do Sul, trinta anos depois de seus camaradas. As miragens que tomavam o coração de Bernanos em torno de seus vinte anos eram, a um só tempo, anarquistas, monarquistas, socialistas e cristãs. Sua aventura brasileira se esclarece nesse cruzamento.

Na escola, Bernanos lia Ernest Hello e Pierre Joseph Proudhon, escondia os livros de Charles Maurras em sua escrivaninha e animava um círculo monarquista para exasperar os párocos democratas. O abade Lagrange, seu professor no pequeno seminário de Bourges, detinha as primícias de suas confidências. "Admiro de todo o coração esses valentes da Ação Francesa, esses verdadeiros filhos da Gália, com bom senso e fé, que não recuam diante de nenhuma ideia."

Quando se instalou em Paris, depois de ter obtido seu bacalaureato — diploma assinado por Aristide Briand em 2 de julho de 1906 —, Bernanos mobilizou-se com as fileiras da jovem Ação Francesa, ousada, católica, não conformista e anticapitalista, cujos membros sonhavam em pôr abaixo a República burguesa com os sindicalistas para restituir a Paris o rei justiceiro.

Não se é sério quando se tem dezessete anos. Bernanos, que se via já escritor, aspirava a algo de grande. Por que não a restauração de uma monarquia popular? "Eu me dizia que a vida era longa e que, preenchendo-a com todo tipo de aventura, de glória, de renome, de poder, podíamos torná-la tão feliz que isso valia quase a pena por um pouco de sofrimento, no fim das contas."

A um século de distância, esse sonho parece um pouco louco. Da Ação Francesa, guardamos a última imagem, a de um movimento mais cesariano que monarquista, assombrado pela "onda vermelha" e pela "barbárie asiática", um partido de clericais sem Deus e de monarquistas sem rei, que, depois de ter sido condenado pelo papa e renegado pelo príncipe, sucumbiu no naufrágio da Revolução nacional.

Não era assim a Ação Francesa dos anos 1910 – à qual Bernanos aderiu com o entusiasmo de seus vinte anos. Era antes da guerra que destruiria três grandes monarquias europeias, fazendo cair de seus tronos os Hohenzollern, os Habsbourg e os Romanov. A última esperança monárquica na França datava de meio século. Ela nem sempre foi mais dura para o povo trabalhador do que a República, o Consulado e o Império. Desde 1791, a lei Le Chapelier estabelecia a vantagem da "raposa livre no galinheiro livre", proibindo não apenas as corporações mas também toda forma de coalizão sindical. Podia-se esperar que uma monarquia restaurada tivesse a audácia de aboli-la. Sublinhando a necessidade de associações livres de trabalhadores e de empregados para a defesa de seus interesses comuns na proclamação do 20 de abril de 1885, o conde de Chambord a deixara entrever.

Nessa época em que o deputado socialista Marcel Sembat proclamava "Façam a paz, senão façam um rei", o triunfo de Philippe VIII, duque de Orléans, "Rei do Trabalho e da Produção", não parecia inconcebível. É preciso lembrar-se de que no congresso socialista de Amsterdam, em 1904, os militantes alemães haviam explicado a seus camaradas franceses que era mais fácil defender os interesses do mundo operário sob a autoridade de um Estado monárquico, árbitro das lutas de classes, do que numa república burguesa, em que a realidade dos conflitos sociais atola nos pântanos eleitorais. Daí a força das ideias da jovem Ação Francesa e de seu projeto de realeza cercada por instituições republicanas, nem aristocrática, nem teocrática e bem decidida a socorrer o mundo trabalhador.

"Nós não éramos gente de direita!", exclamará Bernanos trinta anos mais tarde. Quando, em 1908, o governo jogou as tropas contra os grevistas de Villeneuve-Saint-Georges, os neomonarquistas foram os que protestaram mais firmemente. Um contexto sublinhado por

Édouard Berth em 1924 em *Guerre des États ou Guerre des Classes*, livro que se revela, aliás, um feroz libelo antimaurrasiano. "Antes da Guerra, a Ação Francesa constituía, de fato, uma força que podia parecer nova e ousada; ela reunia os letrados, cuja linguagem atraía a simpatia por sua clareza, sua franqueza e sua coragem; houve mesmo um momento, em torno de 1908, durante os acontecimentos de Villeneuve-Saint-Georges, em que a Ação Francesa, como jornal, foi a única gazeta *legível* em Paris e onde creio poder afirmar que a aproximação entre os revolucionários e os monarquistas foi verdadeiramente espontânea e sincera. Seu caráter conservador parecia um conservadorismo de grande ímpeto – e não mesquinhamente burguês como se tornou."

Esse testemunho é tanto mais importante pelo fato de Berth, militante sindicalista conduzido à reflexão por Maurras e Sorel, ter participado como Bernanos nos trabalhos do círculo de Proudhon, um laboratório de pensamento criado às margens da Ação Francesa em 1911 para buscar as possibilidades de uma síntese cristã, social e monarquista. Do movimento maurrasiano, ele esperava uma participação ativa num novo classicismo "apolíneo e dionisíaco" exaltado em *Les Méfaits des Intellectuels* em 1914. Pouco após a guerra, sua desilusão se parecia com a de Bernanos, que evoca com emoção sua contribuição nas reuniões do círculo de Proudhon em *Os Grandes Cemitérios sob a Lua*. Numa carta brasileira de dezembro de 1939, o autor do *Scandale de la Verité* [Escândalo da Verdade] relata mesmo uma confidência que lhe teria feito o "velho Sorel" – isso só podia ser nessa época: "Meu pequeno, a Europa é um ninho de víboras".

Em 1919, Berth e Bernanos ficaram consternados ao ver a Ação Francesa aprovar a atmosfera patriótica da União sagrada e Léon Daudet tornar-se deputado de Paris. O primeiro se afastou definitivamente para participar da criação do partido comunista francês no congresso de Tours. O segundo endereçou a Maurras uma carta de demissão, decepcionado ao ver a Ação Francesa substituir "os quadros de seu pequeno exército por uma hierarquia de funcionários".

Nada indica que Bernanos tenha alguma vez lido *Guerre des États ou Guerre des Classes*. No entanto, não é surpreendente que dois homens que haviam partilhado os mesmos sonhos e as mesmas desilusões – as que Péguy experimentara quanto a Jaurès e ao socialismo eleitoral – tenham se encontrado para denunciar a atitude de Maurras. *Guerre des États ou Guerre des Classes* anuncia a fúria bernanosiana dos anos 1930. Quando Berth chama Maurras de "jacobino branco", de "ateu clerical e teocrata", não vendo na Igreja senão uma "polícia espiritual", ele precede Bernanos acusando o autor de *L'Avenir de l'Intelligence* de ser um "homem de 93".
Para que este se junte àquele, precisará cumprir-se o ciclo das ilusões perdidas. Três decênios serão necessários a Bernanos para desfazer seu terrível quiproquó com Maurras. É justamente no Brasil, em *Escândalo da Verdade* e em *Nous Autres Français* [Nós Outros, Franceses], que ele apresentará as razões de uma incompatibilidade fundamental. Será uma libertação. Ele não retornará mais a isso.

Na primavera de 1909, Bernanos ainda não havia chegado lá. Na Ação Francesa, onde o juravam razoável, ele era um prodígio de romantismo. Fechado por dez dias no hospital com Guy de Bouteiller, por consequência de um tumulto no pretório, teve o orgulho de ser confinado na área dos prisioneiros políticos, misturado com militantes de extrema esquerda com os quais descobriu imediatamente afinidades. "Nós cantávamos juntos, uma atrás da outra: *Viva Henrique IV* ou *A Internacional*", conta ele em *Os Grandes Cemitérios sob a Lua*. Não era ainda um complô vermelho-marrom, mas um complô vermelho--branco. Enquanto Clemenceau se enfurecia contra os "anarquistas brancos" e Léon Daudet era convidado a tomar a palavra em uma reunião pública da CGT,[3] *L'Assiette au Beurre* consagrava um número divertido aos propagandistas do rei, esse punhado de jovens audaciosos

---

[3] Confederação Geral do Trabalho, sindicato francês criado em 1895. (N. T.)

que haviam conseguido, em alguns meses, mudar a imagem envelhecida do pessoal monarquista. Jaurès, assustado, inquietou-se com isso na tribuna da Câmara dos Deputados.

Mais tarde, esse episódio tornou-se lendário. De Pierre Drieu La Rochelle a Claude Roy, de Jacques Laurent a Roger Nimier, todos os escritores atraídos à órbita da Ação Francesa o evocaram com paixão. "Os propagandistas do rei, em 1910, eram a primeira fileira revolucionária da Europa", se maravilhará Nimier, simpatizante do movimento socialista-monarquista (MSM) criado na Paris liberada e leitor apaixonado de seu jornal, *Le Lys Rouge*. Seus veteranos lhe haviam dado o exemplo. Em *Combat*, revista mensal não conformista criada por Thierry Maulnier e Jean de Fabrèges em 1936, havia-se prolongado o sonho de uma convergência entre tradicionalistas e revolucionários. Em 1937, Thierry Maulnier e Jean-Pierre Maxence lançaram *L'Insurgé*, artigo violento cuja vocação era ressuscitar a época em que os jovens monarquistas lutavam contra a polícia com os sindicalistas nas ruas do Quartier Latin. Esses sonhos, contudo, nem sempre eram desprovidos de ambiguidades. Enquanto alguns de seus amigos, como Maurice Blanchot, Robert Brasillach e Lucien Rebatet, interessavam-se de perto pelos regimes fascistas, os maurrasianos ortodoxos de *Combat* fincavam-se sobre posições políticas muito aguardadas. Thierry Maulnier podia ir festejar o aniversário da Comuna, com o punho erguido, no muro dos Federados. Quanto às sanções da SDN[4] contra a Itália, à Guerra da Espanha ou ao Fronte Popular, as atitudes de *Combat* somavam-se frequentemente às do mundo conservador.

Daí o mal-entendido com Bernanos, ao retornar de Maiorca, onde havia vivido exilado de outubro de 1934 a março de 1937. Várias vezes o autor do *Diário de um Pároco de Aldeia*, que François Mauriac fez ganhar o grande prêmio do romance da Academia francesa em 1936, encontrou-se com os líderes da revista *Combat* em Paris. Conhecia os

---

[4] Sociedade das Nações, criada pelo Tratado de Versalhes em 1919. (N. T.)

mais velhos deles desde 1930, na época em que fundaram a revista *Réaction* à margem da Ação Francesa. Havia escrito para o primeiro número, publicado em 5 de abril de 1930, uma carta-manifesto.

Esse apadrinhamento não era apenas o de um homem de quarenta e dois anos, afligido por uma guerra bárbara de que retornara com uma intimação e um ferimento. Era o de um vidente, um profeta tocado pelo terrível destino de seus cadetes. "Nós queríamos tanto vê-lo feliz! E, ano após ano, hoje mais do que nunca, sinto que você precisará comprar amanhã, ao mesmo preço que nós, isto é, às custas de sangue, a liberdade, num momento tão próxima de nós, ao nosso alcance, e que não conseguimos preservar."

Bernanos amava, no entanto, esses jovens que o viam como um capitão. Apreciava a vontade deles de trazer à monarquia um suplemento de alma, de melhorar o maurrasianismo deles com a leitura de Dostoievski, Bloy, Péguy. Esses não conformistas tiveram a audácia de ultrapassar o "político primeiro" de Maurras afirmando que "a crise está no homem". Alguns dentre eles tinham acabado de participar de uma cisão que havia levado à saída da maior parte dos quadros estudantis parisienses da Ação Francesa.

"Minhas pobres crianças...", costumava lhes dizer, quando os encontrava, nas banquetas mal acolchoadas do bar Barbotte, na frente da gare do Nord, ou naquelas, mais confortáveis, do bar Lipp em Saint-Germain-des-Prés. Falava-lhes de sua juventude, dos propagandistas do rei, de seu exílio em Maiorca, de seus sonhos da América do Sul. Evocava a audácia de seus vinte anos, quando voltava para casa ferido, depois de ter atacado uma reunião bonapartista. A seus jovens amigos, que reclamavam do dogmatismo maurrasiano, relatava seu comparecimento por insubordinação diante de um "conselho de disciplina" reunido pela Ação Francesa.

O ano era 1912. Decepcionados com a reviravolta que estavam tomando os acontecimentos em Paris, os "homens de guerra" haviam-se deixado convencer por um nobre português a tentar alguma coisa para restabelecer em seu trono o rei Manuel II, monarca de vinte e um anos, expulso do poder e exilado na Inglaterra como consequência do golpe de Estado militar do dia 4 de outubro de 1910. "Vasconcellos, divertia-se Bernanos, todos os nobres portugueses se chamam Vasconcellos."

Em Lisboa, após uma revolução tão pouco sangrenta quanto a dos Cravos, uma constituição republicana havia sido votada em julho de 1911, fortalecendo as leis sobre o ensino, o divórcio, os aluguéis e o direito de greve. Desde o mês de outubro, militantes monarquistas haviam tentado um ataque no norte do país. O fracasso não havia conseguido fazer renunciar os apoiadores do príncipe exilado. Em 1912, preparou-se uma segunda intervenção.

Foi a essa companhia que os monarquistas franceses se juntaram. O misterioso "Vasconcellos" evocado por Bernanos era, na verdade, Azevedo Coutinho, chefe do partido monarquista português, ligado ao conde Saldanha da Gama, representante dos descendentes de Miguel I, rei fugitivo de Portugal que se havia aproveitado do distanciamento de seu irmão Pedro, que se tornou imperador do Brasil, para atribuir, entre 1828 e 1834, uma coroa destinada a sua sobrinha Maria da Glória.

Viam-se então, entre os monarquistas portugueses, aliados dos dois ramos provenientes do filho de João VI, o monarca expulso de seu país pelos franceses em 1807: os tradicionalistas davam apoio aos herdeiros de Miguel I, os liberais, aos de Maria da Glória. Esses dois ramos descendiam, aliás, em linha direta, de Hugues Capet pelas casas de Borgonha, Avis e Bragança – o que só podia entusiasmar Bernanos, inflamado pela ideia de lutar por um rei que era apenas um ano mais novo do que ele.

Imagina-se o entusiasmo do futuro escritor com essa aventura "alegre e louca", à qual se somou, a partir de Viena, o arquiduque François-Ferdinand alertado pela sorte infeliz de um jovem rei de ascendência marcada pelo peso dos Habsbourg.

Uma refeição fora organizada para apresentar os voluntários franceses aos conspiradores portugueses. Estudantes, trabalhadores, jovens melancólicos à procura de aventura. Vinte anos depois, Bernanos imitava ainda a inquietação de um dos trabalhadores presentes que havia erguido sua taça no momento da sobremesa declarando: "À vossa, excelência". No fim da refeição, os monarquistas franceses aceitaram participar da companhia à qual estava associado o filho mais velho do pretendente dom Miguel.

A ideia era arrumar uma intervenção no norte do país, um ataque na baía de Lisboa, de que se encarregariam os "homens de guerra", e uma ação em Angola. "Nossa pequena tropa devia contar com vinte e cinco homens. Seu papel era ocupar de surpresa um posto importante, com o sacrifício provável de nossas vidas", contará mais tarde o escritor, justificando facilmente seu entusiasmo. "Para nós, um rei era em todo lugar um rei, a ordem cristã era em todo lugar a ordem cristã, o mesmo se passava com a aventura."

Bernanos e os "homens de guerra" imaginavam-se já desembarcando vencedores nas margens do Tejo, pondo fogo no Bairro Alto, subindo a avenida da Liberdade com armas nos ombros seguidos por moças e camaradas deslumbrados e içando a bandeira dos insurgentes no palácio real antes de fazer com que ressoasse o *Te Deum* de ação de graças sob as cúpulas da catedral da Sé.

A desgraça dos homens de ação é serem obrigados a se contentar com sonhos. O navio que devia levar os conspiradores a Lisboa nunca deixou seu porto. Quando a hierarquia da Ação Francesa teve conhecimento desse projeto, convocou os conspiradores para trazê-los à razão. Foi assim que Bernanos foi chamado à rua Caumartin, sede do jornal, para comparecer diante de um conselho de guerra. Estavam lá Charles Maurras, Maurice Pujo e a marquesa Mac-Mahon, prima do duque de Orléans e devotada madrinha do movimento monarquista. Da marquesa Bernanos reteve sobretudo o imenso chapéu de plumas, que ela reerguia incessantemente sobre o seu coque com vigorosos murros enquanto falava. Essa senhora de grande coração não pôde fazer nada pelo turbulento homem de guerra acusado de ter "negligenciado a doutrina". Bernanos inclinou--se e o projeto do golpe de Estado, agora público, parou por aí.

Esse episódio seria esquecido se a Ação Francesa não tivesse acusado Bernanos no momento em que abriu contra ele um segundo processo. Corria o ano de 1932. A disputa provinha da participação do escritor no *Figaro* de François Coty. Maurras, que via nesse último um concorrente desleal, não o suportava.

"Eu lhe digo adeus, Bernanos", escreveu o autor de *Chemin de Paradis* na *Ação Francesa* de 16 de maio para indicar sua traição ao romancista. No *Figaro*, cinco dias mais tarde, Bernanos responde ao mestre agnóstico por quem inúmeros católicos morreram sem sacramento após a condenação da Ação Francesa em 1926. "Permita-me agora retomar no que me concerne a sua palavra a Deus. Evidentemente, ela não tem o mesmo sentido para você e para mim. Entretanto, a honra e a infelicidade de sua vida pretendem que você seja hoje um dos homens mais cheios de responsabilidades sobrenaturais. Em sua presença, quem quer que o tenha alguma vez compreendido fala de si mesmo uma linguagem à medida dessa vocação misteriosa. Nós lhe teremos dado tudo, Maurras. Que me seja permitido lembrar-lhe depois dessa execução sumária que revela em mim a lembrança de outras durezas, vindas de outros lugares. A Deus, Maurras! À doce piedade de Deus!"

A disputa entre eles poderia ter parado nesses dois artigos. Ela punha em jogo coisas mais fundamentais e prosseguiu pela imprensa até o mês de dezembro, com os maurrasianos não hesitando em pegar a "ficha" de Bernanos e a retomar um por seus agravos contra ele desde sua inscrição como propagandista do rei em dezembro de 1908. O mais grave parecia ser sua participação no projeto de golpe de Estado em Lisboa. "Ele foi suspenso por sua participação na suspeita e absurda companhia portuguesa", explicou Maurras na Ação Francesa de 11 de novembro, obrigando Bernanos a responder-lhe no *Le Figaro* no dia seguinte: "A 'companhia portuguesa' não tinha [...] nada de suspeita ou absurda, só o fato de que corríamos o risco de quebrarem a nossa cara. Corri algumas vezes esse risco desde então, como muita gente. Mas sou educado demais para prestar contas disso diante do Senhor Maurras e falar-lhe do que ele ignora".

Tudo se sustenta em Bernanos. Sua temporada na área política do Hospital, na primavera de 1909, seu sonho de um golpe de Estado em Portugal, a carta de demissão que endereçou ao movimento monarquista em 1919, sua ruptura definitiva com Maurras em 1932, sua ida às ilhas Baleares em 1934, seu engajamento contra a repressão franquista, seus sonhos de uma "Nova França" na América do Sul.

Na primavera de 1938, quando reencontrou os líderes de *Combat*, tentou explicar. O artigo hostil a *Grandes Cemitérios sob a Lua* que havia sido publicado na revista deles não o havia impressionado. A "anarquia totalitária" que lhe creditavam o fazia sobretudo sorrir. Ele veio com eles, ao bar Lipp, andando já com bengalas, ferido por dois acidentes de moto, contou-lhes o que havia visto na Espanha. Explicou-lhes porque teve de fazer ouvir a sua voz, justificou seu livro e suas escolhas. Os mais moderados, como Jean de Fabrèges, queriam conciliar a relação deles com Maurras e a admiração por Bernanos; outros, como Thierry Maulnier, viam o autor de *La Grande Peur* como o representante de uma geração que tivera a audácia de querer associar Maurras e o socialismo; esses não eram os mais hostis. Pois havia outros, os duros cérebros exaltados com o exemplo dos regimes fascistas. Mesmo *Combat* parecia morna para Robert Brasillach e Lucien Rebatet. Para eles, era a guerra, e Bernanos, criando polêmica contra Franco, havia escolhido o seu lado.

Iniciados na política ao lado de uma Ação Francesa em que o anticlericalismo não estava tão mal desde que o jornal fora posto no índex por Roma em 1926, eles viam com desprezo o romancista, suas histórias de párocos, suas moças perseguidas pelo Diabo. Haviam gostado de *O grande medo dos bem-pensantes* por sua celebração de Drumont, mas entendiam cada vez menos as atitudes políticas de um homem que acusavam de ir para o lado de Mauriac e Maritain – inimigos históricos da Ação Francesa que Rebatet insultará com Bernanos em *Les Décombres*.

Esses dissidentes da Ação Francesa não podiam, de fato, unir-se a Bernanos e sua crítica ao dogmatismo maurrasiano. A deles era diferente. Se sonhavam terminar com a "França só" do mestre de Martigues, não era para cultivar sonhos de cavalaria e proezas feitas para serem contadas no quarto de mulheres. Era para construir uma Europa viril, unida, fraternal. A Europa nova.

Em *Notre Avant-Guerre*, livro principal de uma geração fascista, Robert Brasillach insiste nesse desacordo absoluto. "Um dia encontrei Bernanos, expulso de Maiorca onde havia fincado sua tenda de nômade. Esse homem gordo e cabeludo, durante uma hora, reexaminou suas ofensas diante de mim, repetindo sem parar as mesmas frases fuliginosas, balançando a cabeça de velho leão intoxicado, e andando em círculos, preso a suas manias. [...] Esse encontro me assustou, estava certo de ter visto um louco."

Essa página feroz anuncia o julgamento sem apelação que Kléber Haedens, maurrasiano da mais estrita observância ligado à revista *Combat*, realizou sobre "Georges Bernanos, católico delirante", em sua *História da Literatura Francesa*, publicada em 1942. "Em seus romances desalinhavados e cheios de *pathos*, como em seus tumultuados panfletos, dos quais o melhor é *La Grande Peur des Bien-pensants* [O Grande Medo dos Bem-Pensantes], ele cede demais à ênfase numa eloquência demasiado vazia. Além disso, não tem nenhum gosto pela verdade, o que é intolerável em um polemista."

Algumas semanas depois desses encontros agitados no bar Lipp, em 20 de julho de 1938, Bernanos e sua família embarcavam em Marselha a bordo do *Florida* em direção ao Rio de Janeiro. Podemos imaginar a melancolia do escritor nesse momento. Para tornar-se um homem livre, não tinha outro meio senão trair os seus.

Em sua cabeça, perturbava talvez uma frase de Sorel, datando de outro pré-guerra: "Meu pequeno, a Europa é um ninho de víboras."

Contra Maurras, haveria tempo de dar razão a Proudhon.

3
UMA UTOPIA SOB O TRÓPICO

OS MELANCÓLICOS, POR CAUSA DA FORÇA, COMO AS PESSOAS QUE ATIRAM DE LONGE, ATIRAM CERTO. E, ALÉM DISSO, POR CAUSA DE SUA IMENSA FORÇA, O MOVIMENTO NÃO É DESVIADO POR OUTRO MOVIMENTO.

Aristóteles, *Da Adivinhação pelo Sonho*

O viajante que chega ao Rio depois de uma travessia do Atlântico em avião tem uma ideia imperfeita do maravilhamento que tomava outrora os que chegavam ao Brasil de barco. A lenda da *cidade maravilhosa* não é mais o que era desde o fim das travessias marítimas. As espiadas através das vigias não produzem grande coisa. Visto do céu, o Rio se elucida sem majestade.

É preciso chegar pelo mar para juntar-se ao entusiasmo de Bernanos, suavemente tomado pela beleza serena e doce da cidade cheia de praias, florestas e picos rochosos, sobre a qual o *Cristo Redentor* vela desde as alturas do Corcovado.

Na quinta-feira, 4 de agosto de 1938, dia de Santo Domingo, é quase noite e mil luzes brilham no horizonte quando o *Florida* da Companhia Marítima dos Transportes a Vapor entra na baía do Rio. Passada a grande vaga dos alísios, o mar esteve constantemente belo durante a travessia. Depois de Marselha, o navio correu ao largo das

Baleares, ao longo da costa espanhola, através do estreito de Gibraltar e fez escala de alguns dias em Dakar.

Bernanos, que previu começar um diário "à maneira de Léon Bloy" prometido a Grasset,[1] não teve coragem. Teve tempo, contudo, de escrever a alguns amigos. De Dakar, o padre Bruckberger recebeu uma carta com um cabeçalho que revela os sentimentos do expedidor. "Bernanos-Rimbaud e Cia. / Sucursais em todos os países / Empresa Bernanos / Ouro-Prata-Platina / Especializado em caça aos leões, peles e couros."

Como o autor das *Iluminações* antes dele, Bernanos não se considera mais um escritor. Rimbaud correu de Ardennes a Aden, para comercializar café e traficar armas; o autor de *A Alegria* partiu à Cruz do Sul jurando tornar-se vaqueiro. Num e noutro, o exílio é voluntário e sofrido. Contudo, enquanto Rimbaud perseguiu até o fim seu destino de homem de botas de vento desaparecendo de seu tempo, Bernanos faz a experiência de uma distância que vai colocá-lo em contato direto com a História.

No convés do *Florida*, Bernanos quer, no entanto, esquecer o pesadelo que se prepara na Europa. Pensa nas bombas incendiárias sobre a Etiópia, nas execuções sumárias na Espanha. Imagens terríveis o assombram. A presença, a bordo do navio, de republicanos espanhóis fugindo de sua pátria não ajuda a dissipá-las. O romancista, que levou consigo um disco de Paul Eluard recitando *A Vitória de Guernica*, não se cansa de escutá-lo, silencioso, triste e enraivecido: "Eles o fizeram pagar o pão / O céu, a terra, a água, o sono / E a miséria / De sua vida / ... Homens reais para os quais o desespero / Alimenta o fogo que devora a esperança".

No meio da travessia, o *Florida* cruzou o equador com os festejos habituais. O escritor participou deles. No fundo de si mesmo, porém, não consegue esquecer-se da tragédia espanhola e das imagens do

---

[1] Editora francesa fundada em 1907. (N. T.)

terror. Não há duvidas em seu espírito. Em Maiorca, assistiu ao negro prelúdio da catástrofe por vir.

Só os encantos do Rio fazem parar essa ruminação de horríveis pressentimentos. "Esse país, essa cidade, não dá para acreditar. Essa cidade tão bela, tão prodigiosamente bela, tão bela e tão humilde. Parece deitar-se a seus pés, com suas joias, seus perfumes e seu olhar com a inocência e a docilidade dos animais. O ar é de uma suavidade selvagem." Bernanos não prevê a que ponto amará essa cidade, a que ponto ela estará ligada à sua obra. Pensa ainda no Paraguai. Esse homem intuitivo, que dá provas normalmente de um instinto extraordinário, não sabe que encontrou a pátria sonhada.

Quando desce do *Florida*, na sexta-feira, 5 de agosto, Bernanos está surpreso com o imponente comitê de boas-vindas no cais. Não é a ele que se espera, mas a Georges Dumas, médico, filósofo, membro da Academia das Ciências Morais e Políticas, professor de Psicologia Experimental da Sorbonne, que fez a travessia com ele. Estão aí Robert Garric, Paul Arbousse-Bastide e Pierre Desffontaines, brilhantes universitários e artífices da amizade franco-brasileira. Só falta Claude Lévi-Strauss, que evoca, em *Tristes Trópicos*, a febre dessas viagens de estudo iniciadas por Georges Dumas, "homem de grande nobreza" que participou da criação do Liceu Francês no Rio de Janeiro em 1916.

Através desse erudito exemplar, positivista e um pouco mistificador, Bernanos descobre que o Brasil não é um país como outros. Entende que uma "espécie de vocação sobrenatural" predestina os franceses a amar essa nação "cuja fidelidade será nossa honra, pelo tempo em que permanecermos dignos dela".

Dessa fidelidade testemunham o acadêmico Augusto Frederico Schmidt e o jovem Aloysio de Salles, filho do político e jornalista Joaquim de Salles, que vieram receber Bernanos. Eles o levam para almoçar em Copacabana. Tocado pelo esplendor do Rio, o escritor fica mais ainda com a recepção calorosa de seus habitantes. Desde o primeiro contato, os cariocas o fazem amar essa elite brasileira francófila e francófona à qual ele permanecerá próximo – uma contradição adicional nesse homem indomável que não suporta o comércio dos notáveis e desse mundo burguês.

Enquanto espera, Bernanos sonha ainda com o Paraguai. No dia 6 de agosto, retorna a bordo do *Florida*, que se dirige à Argentina. Em Buenos Aires, jornalistas o esperam na descida do barco. Eles o cercam, fotografam, questionam. A travessia correu bem? Quais são as últimas notícias da Europa? O que pensar da guerra civil na Espanha?

Victoria Ocampo, eminente senhora argentina, que foi amante de Drieu, pede-lhe que venha pronunciar uma conferência. Sem jamais ter visto as corridas de cavalo nos pampas, o escritor sente-se atraído pelos amáveis argentinos cantados por Henry Jean-Marie Levet, o poeta dos *Cartões Postais*. Impossível furtar-se. Ele prepara uma conversa que dará matéria ao segundo capítulo de *Nós Outros, Franceses*. O padre Garrigou-Lagrange e René Huyghe vieram ouvi-lo. O público é grande e distinto. Bernanos se dirige a ele em sua língua materna: na época, a casa França é pouco mais do que uma simples razão social. No programa, o comprometimento das pessoas da Igreja com o terror franquista.

"Eu só queria exprimir aqui um pequeno número de ideias simples. Viram-se várias cruéis injustiças no mundo há séculos, e, no entanto, fazia tempo que as pessoas da Igreja não aprovavam solenemente o recurso à violência. Uma vez que elas decidem benzer a guerra, podemos lamentar que essa bênção assuma precisamente uma forma nova e bem suspeita de guerra. A guerra total moderna, de fato, com seus métodos de extermínio, corre o risco de causar em breve um sério problema à consciência do soldado."

No entanto, já era preciso despedir-se de Buenos Aires, pôr-se a caminho. No sábado, 20 de agosto, depois de ter subido num barco a vapor as águas baixas e as ondas de argila do rio Paraná e do rio Paraguai, onde chafurdam jacarés brincalhões, Bernanos e sua valente tribo chegam a Assunção. O azul do céu é duro; o sol, abrasador. O escritor esgotado descobre finalmente o Éden improvável, o país festivo com o qual sonha há um quarto de século. A atmosfera venenosa dessa capital onde se reúne um quarto da população paraguaia inspira-lhe certa apreensão. Ela é rapidamente confirmada pelos franceses que vêm a seu encontro.

Convidado a jantar na missão francesa, Bernanos recebe informações de um diplomata elegante e desenganado como um personagem de Morand. Imagina-se a cena, o ar pesado e entorpecedor, o suor no rosto do romancista, o desprendimento divertido de seu anfitrião.

A fala deste último não é tranquilizadora. "O que fazer num país onde ninguém consente em nada senão para satisfação imediata de uma necessidade ou de um prazer? [...] Evidentemente, há aí revoluções, mas são manifestações banais, sem seriedade e sem alcance, a não ser que por um acaso a frota – um canoeiro – esteja com munição e decida atirar até esgotar o estoque sem que se possam prever os pontos de impacto, o que talvez seja bem desagradável. No entanto, não há todos os dias uma revolução."

Calor, pobreza, guerra, comércios suspeitos, golpes de Estado... Ao sair da missão francesa, Bernanos perdeu sua alma de conquistador. Retorna ao hotel ruminando o aviso de Maritain: "Paraguai = ratoeira de imigrantes e de capitais."

Contudo, não é homem de renunciar diante do primeiro obstáculo. Quer verificar por si mesmo o que lhe contaram. No dia seguinte, segue para Caacupé, lugar de uma importante peregrinação durante a festa da Imaculada Conceição. A estrada é longa e ruim. Depois de várias horas de uma viagem cansativa, o escritor chega à cidade barroca de ruas desertas e de tangerineiras carregadas de frutos ácidos. No tempo de seu esplendor, Caacupé foi a capital de um Estado jesuíta. "Vamos incendiar o mundo!", havia sugerido Inácio de Loyola a seus filhos, que foram à conquista da América do Sul como concorrentes das autoridades temporais. Dessa época restam poucos rastros, alguns vestígios das *reduções*, essas missões construídas para fazer com que os índios guaranis vivessem como soldados do Cristo. Bernanos não está muito interessado nessa história. E, além do mais, detesta os jesuítas. Outrora externo no colégio da Imaculada Conceição, na rua de Vaugirard em Paris, entre 1897 e 1901, apreciou pouco o ensinamento dos filhos de Inácio, "unicamente construído para pegá-lo em falta, para cultivar a má consciência".

Em Caacupé, surpreende-o sobretudo a ausência de jovens nas ruas. O país está exangue. A guerra do Chaco, que opôs o Paraguai à Bolívia entre 1932 e 1935, mal acabara.

Alguns franceses da região vêm ao encontro do escritor para lhe confirmar o que ele compreendeu. Entre eles, Amaury de Bouteiller e Rollon de Colleville, filho de seus camaradas de juventude. Eles vêm de Trinidad. Esses jovens com nomes de personagens de canção de gesta tomaram o lugar dos pais que retornaram à Europa. Contudo, os projetos de uma Nova França foram esquecidos há muito tempo. Por mais amáveis que sejam, esses pioneiros se parecem mais com a época deles do que com a de seus pais. Bernanos não pode apoiar-se neles para pôr em andamento seu projeto.

Na quinta-feira, 25 de agosto, dia da festa de São Luís, rei da França, Bernanos e sua tribo deixam a capital do Paraguai. "Para dizer a verdade, Assunção, isso não existe", confiará o escritor a um amigo pouco depois.

Em Buenos Aires, pensa em encontrar alguma coisa. Maritain falou da Argentina, do Chile, do Uruguai e mesmo do Peru. Lá o filósofo possui amigos, redes na opinião católica. Como escolher? Bernanos, esgotado, escreve ao padre Bruckberger para precisar a situação. "Quanto à nossa tentativa no Paraguai, ela fracassou pateticamente. Ficamos cinco dias em Assunção, tempo necessário para constatar que a vida lá era três vezes mais cara do que em Toulon. [...] Depois de um descanso de três dias em Buenos Aires, e julgando muito precário, financeiramente, um estabelecimento nesse país, vou embora, quinta--feira sem dúvida, com minha tribo, ao Rio de Janeiro."

No dia 1º de setembro, o escritor e os seus deixam Buenos Aires. O Brasil acaba por impor-se. O custo de vida, menos elevado do que na Argentina, permite considerar a compra de gado. Há também a nobreza de alma das elites brasileiras brevemente vislumbrada. Ela emocionou Bernanos, desesperado com as elites francesas e sua submissão à força. O escritor repete: "A estrada não está impedida, como na França. O que lhe dizer? Minha ideia de uma comunidade francesa aqui não me parece mais tão ingênua, ao contrário".

Bernanos reencontra, então, o Rio. "Eu não devia absolutamente vir aqui com vinte anos. No entanto, Deus me preparava essa surpresa, esse presente real. Creio que Ele quis me recompensar por ter tanto amado, tanto amado, tanto amado em toda a minha vida a terra dos homens – Sua terra."

Até o mês de outubro, o escritor e sua família permanecem no hotel Botafogo-Majestic, hoje desaparecido, na época, de frente para o Pão de Açúcar. Dias horríveis, marcados pela assinatura dos acordos de Munique que entregaram os Sudetos ao poder nazista.

Esmagado pelos acontecimentos internacionais, Bernanos se deixa encantar pela beleza selvagem do Rio, essa cidade de ouro e azul capaz de fazer os viajantes europeus perderem o rumo. Na avenida Rio Branco, o café das Belas Artes torna-se um lugar familiar. Gosta de ir lá para trabalhar, numa mesinha no meio das idas e vindas, no tumulto das conversas.

No hotel Botafogo, tem igualmente o hábito de recolher-se a uma pequena varanda no alto, que lhe permite observar a cidade e o fluxo ininterrupto de carros que seguem até Copacabana. Foi aí que Jacques Boudet, jovem normalista, diretor de estudos do Liceu Francês do Rio, veio várias vezes encontrá-lo.

"Pensávamos numa força despedaçada, em algum gigante abatido... mas um gigante cordial, afável, sorridente de um sorriso iluminado por um olhar como infantil: dois olhos bem claros, de um azul que puxa para o verde, que parecem contemplar as coisas e os seres, a circulação enlouquecida do Rio, a algazarra do hotel, as gentis *garotinhas* de Copacabana com uma espécie de ingenuidade simples." Na mesma época, Alceu Amoroso Lima e Augusto Frederico Schmidt, escritores e brilhantes acadêmicos de quarenta anos, vêm visitar Bernanos no hotel. Na entrada, dão de cara com Jean-Loup, vigilante como um segurança. Eles se apresentam, dizem o motivo da visita. A criança, que os ouve à mesa familiar falar desses "senhores acadêmicos", vira-se e exclama: "Papai, papai, eis os idiotas!".

Entretanto, nada pode distrair a angústia do romancista. Uma única solução: enfiar-se no coração do Brasil. Na América do Sul, Bernanos não se quer nem diletante, nem espectador. "Não vim ao Brasil como turista. Não vim tampouco como homem de letras, ao menos no sentido que se confere habitualmente a essa expressão. A condição nesse mundo de um verdadeiro homem de letras se parece bastante com a do turista, a paixão que os anima é a da curiosidade. O homem de letras vai de ideia em ideia, como o outro de paisagem em paisagem. Eu não sou curioso. Posso dizer mesmo que a curiosidade me parece uma espécie de vício egoísta, cruel e vão. Não me sirvo das ideias, é às ideias que tento servir."

De leste a oeste, as temporadas do escritor corresponderão às diferentes estações da linha da Estrada de Ferro Central do Brasil (EFCB): Rio de Janeiro, Juiz de Fora, Barbacena, Belo Horizonte, Pirapora.

Bernanos fala pouco sobre isso em sua correspondência e em seus artigos, mas pegou bastante o trem no Brasil. Essas viagens deviam trazer-lhe lembranças. No início da Primeira Guerra Mundial, ganhava o pão de sua família fazendo viagens para uma companhia de seguros no leste da França. Foi nessa época que redigiu uma grande parte de *Sob o Sol de Satã*, no acaso de hotéis e nos vagões do caminho de ferro. Durante esses anos, teve a chance de provar a bela hipótese de Charles Cros: "Talvez a felicidade só exista nas estações de trem!".

Para mim, ela está na estrada costeada por bananais que sobe em curvas do Rio a Itaipava, numa paisagem de montanhas grandiosas.

Em Itaipava, situada a 75 quilômetros do Rio, Bernanos se instala em novembro de 1938. Ele mora algumas semanas na residência "Grande Vale", aos pés de montanhas com os flancos cobertos de floresta e com os picos coroados pela Serra dos Órgãos. Alugada à esposa do aviador Reyne, herói do correio aéreo, amigo de Mermoz, Saint-Exupéry e Guillaumet, essa casa hoje desapareceu, engolida pelo desenvolvimento anárquico de uma cidade onde vários cariocas possuem uma segunda residência.

Foi em Itaipava que Bernanos conheceu Virgílio de Mello Franco, o amigo decisivo de seus anos no Brasil. Eles combinaram de encontrar-se num cruzamento da *estrada União e Indústria*. Vendo surgir Bernanos, acompanhado por sua mulher, por seus seis filhos, pelo doutor Bénier e os seus, Virgílio de Mello Franco teve a impressão de testemunhar um verdadeiro "êxodo bíblico".

O escritor, que se apresenta como um "proletário intelectual", evoca seus projetos de criação de gado. Na região de Itaipava, onde a arquitetura das casas lembra a dos chalés da Floresta Negra e do Cantão de Vaud, ouviu falar das comunidades de exilados suíços e alemães. Assim era Nova Friburgo, pequena Helvécia tropical erguida por 300 famílias que chegaram no início do século XIX.

É uma aventura dessas que o escritor quer suscitar: "Minha ideia de uma colônia francesa, ou ao menos de uma verdadeira aldeia francesa da antiga França, da Cristandade francesa, se impõe um pouco mais a mim a cada dia. Os alemães fizeram coisas assim, mas com uma enorme vulgaridade". Itaipava, porém, não é o lugar de um tal projeto. No início de dezembro, Bernanos despede-se do Estado do Rio para conhecer os planaltos de Minas Gerais, o Estado das "minas gerais", vasto como a França, lugar de um ímpeto lendário e selvagem no século XVIII em direção ao ouro.

Antes de minha partida, Jean-Loup Bernanos me assegurou que, exceto pela Fazenda de Cruz das Almas, transformada em museu no fim dos anos 1960, as diferentes casas ocupadas por Bernanos e os seus haviam desaparecido ou se tornaram impossíveis de ser encontradas.

Vindo visitar-me em meu hotel no dia seguinte à minha chegada ao Rio, Hubert Sarrazin me desenganou. Esse homem de cabelos prateados, esgotado por uma longa doença, encontrou uma energia inesperada para me falar de Bernanos. Descobri-o prolixo, elegante, vestido de linho azul e apoiado em sua bengala, cheio de paixão por um escritor ao qual consagrou a vida.

– À exceção da residência de Itaipava, todas as casas de Bernanos existem ainda. Vamos vê-las! Vou-lhe passar as coordenadas de Bernard Marcel Crochet, um francês instalado no Brasil há trinta e cinco anos que é professor na Universidade de Juiz de Fora. Ele consagrou um trabalho universitário ao livro *Les Enfants Humiliés* [As Crianças Humilhadas] e fez outrora a pesquisa completa dos diferentes lugares brasileiros em que esteve Bernanos. É um homem impressionante! Durante a defesa de sua tese, um dos membros da banca lhe disse: "Você, você adora Bernanos!". Telefone-lhe e fale de mim. Ele o acompanhará a Juiz de Fora e a Vassouras.

– E Petrópolis?

– Mas Bernanos nunca viveu lá!

– Não, mas ele foi lá várias vezes para encontrar a condessa de Paris, que se abrigou na casa de seu pai, Pedro de Orléans e Bragança. E, além disso, há a lembrança de Stefan Zweig. É importante a lembrança de Stefan Zweig.

– É verdade! Infelizmente, não tenho nenhuma informação sobre Zweig.

– Bernanos e Zweig se encontraram?

– Geraldo França de Lima contou isso num artigo publicado na revista israelita *Comentário*, em 1960.

– Fora uma curtíssima alusão na correspondência de Stefan Zweig com Roger Martin du Gard, é a única fonte?

– Bernanos publicou igualmente um belo artigo no dia seguinte à morte de Zweig.

– "O Suicídio de Stefan Zweig".

– Os editores de *O Caminho de Cruz das Almas* o intitularam assim. Contudo, o título original do artigo publicado em *O Jornal* é "Apologias do suicídio". Muitos títulos foram mudados assim. Foi Bernanos, ele mesmo, que às vezes os modificou em 1948. O melhor seria dividir os originais e preparar uma edição enfim séria de suas obras. Esses originais, eu os possuo. Pedro Octavio Carneiro da Cunha os enviou para mim.

Encontrei Bernard Marcel Crochet alguns dias mais tarde. Vindo da França ao Brasil em 1964, é um senhor frágil, com mais ou menos sessenta anos, uma pequena barba branca e um suéter colado ao corpo como o de padres e professores – e ele foi os dois. É disponível, amistoso, profundo.

Nós nos encontramos no centro de Juiz de Fora, cidade industrial de 500 mil habitantes, situada no flanco do vale onde culmina a 800 metros de altitude. Essa cidade ampliou-se sob o efeito do êxodo rural, acolhendo populações provenientes de todo o Estado de Minas Gerais, que foi o centro do barroco brasileiro.

A cidade que descobri, barulhenta, agitada, não tem muito a ver com aquela em que viveu o escritor. Como, aliás, quase todo o país. Bernanos conheceu um Brasil antes da invenção da Bossa Nova e do Cinema Novo, antes da primeira vitória da Copa do Mundo de futebol, antes da edificação de Brasília, mitologias modernas que forjaram a identidade brasileira contemporânea.

Bernard Marcel Crochet me fala com paixão de sua cidade.

– Juiz de Fora era antigamente chamada também de Manchester mineira. Antes da crise dos anos 1950, sua riqueza vinha do têxtil e da metalurgia. Foi aqui que se inaugurou a primeira usina hidrelétrica da América Latina no final do século XIX.

A Fazenda Santa Inês, onde viveu Bernanos, encontra-se a leste da cidade, no bairro de Linhares. Bernard Marcel Crochet me leva até essa casa cuja localização não figura em nenhum lugar. É um pesquisar escrupuloso, que nunca perdeu a oportunidade de entrevistar testemunhas da passagem de Bernanos em Juiz de Fora.

– Bernanos chegou a Juiz de Fora por intermédio de Virgílio de Mello Franco, a quem encontrou em Itaipava graças a Alceu Amoroso Lima, escritor e líder da Ação Católica Brasileira. Esse homem político que tivera um papel de primeiro plano na revolução de 1930 o pôs em contato com Geraldo de Rezende, proprietário da Fazenda Santa Inês. Foi em Juiz de Fora que Bernanos viu reunir-se o seu primeiro círculo de amigos brasileiros.

Chegamos à Fazenda Santa Inês depois de um percurso caótico numa trilha de argila vermelha, o *barro* brasileiro. Quinze anos depois de sua primeira visita, Bernard Marcel Crochet está tão comovido quanto eu diante dessa casa pobre de muros brancos, de janelas verdes e teto de telhas vermelhas, desabitada, invadida por hibiscos e bananeiras. Impossível, diante dessa morada, a mais humilde de todas aquelas em que Bernanos viveu no Brasil, intocada há sessenta anos, não é de admirar a resolução do escritor.

Foi a partir dessa casa que o autor de *A Impostura* recusou num telegrama a proposição que lhe havia sido feita de receber a Legião de Honra de Jean Zay, ministro da educação nacional.

"Muito honrada proposição Legião de Honra, mas peço-lhes transmitir ministro com lamento respeitoso desejo formal já expresso várias vezes não aceitar nenhuma honra oficial."

É a terceira recusa desde 1927. Haverá ainda uma última depois da guerra, diretamente endereçada ao grande chanceler da ordem.

De retorno ao centro de Juiz de Fora, Bernard Marcel Crochet me mostra o lugar do café Salvaterra, rua Halfeld, onde Bernanos vinha frequentemente e onde respondia às perguntas de Edgard Godói da Mata Machado, diretor de *O Diário Mercantil* e futuro tradutor de *Diário de um Pároco de Aldeia*, que o entrevistou sobre suas primeiras impressões de exilado. Nesse dia, o escritor estava acompanhado por Virgílio de Mello Franco e João Gomes Teixeira, colaborador do governador do Estado de Minas Gerais que Bernanos acabara de conhecer. Fazia quatro meses que o escritor tinha chegado à América do Sul. Estava ainda ocupado com a França. *Escândalo da Verdade* e *Nós Outros, Franceses*, compostos nessa época de grande inquietação, contêm poucas páginas sobre o Brasil. Bernanos tem muitas contas a acertar. Deverá perder-se no cerrado, essa savana brasileira, para aprender a observar a sua nova pátria.

– Bernanos havia guardado boas relações com seus amigos de Juiz de Fora, mesmo depois de ir a Vassouras, Pirapora e Barbacena. Continuou a escrever para eles, a visitá-los. Vinha aqui para que lhe fizessem botas especiais de que tinha necessidade, por causa de sua perna quebrada, para montar a cavalo. Em 1944, retornou várias vezes, inicialmente para inaugurar o departamento francês da Escola Técnica de Comércio "Machado Sobrinho", em seguida para a *Associação de Cultura Franco-Brasileira*.

Em Juiz de Fora, Bernanos permaneceu dois meses. A Fazenda Santa Inês era pequena demais para seus projetos. Em fevereiro de 1939, o escritor e sua família retornam ao Estado do Rio, e se instalam em Vassouras. Sua correspondência assinala essas incessantes e dolorosas peregrinações. "Aconteceu! Mudamos mais uma vez de casa. Passei por um momento de desânimo nesses últimos tempos. Pensava que seria sempre a mesma coisa. E, além do mais, compreendi que era necessário que fosse sempre a mesma coisa, que certa suavidade de vida me seria sem dúvida mortal. A água amarga é aquilo de que preciso."

A 140 quilômetros do Rio, Vassouras é uma cidade de 50 mil habitantes, fundada no final do século XIX pelos produtores de café de São Paulo. Essa cidade de casas baixas, com ruas pavimentadas e uma bela igreja de estilo colonial, teve a sua primeira estação de trem em 1862. Lá ainda há um clima de faroeste.

Encontrei Bernard Marcel Crochet no dia seguinte à nossa visita a Juiz de Fora. Ele viera com fotos das casas de Bernanos, cópias de manuscritos e cartas. Numa delas, datada de 4 de junho de 1939, o cabeçalho indica "Fazenda Cataguá".

– Foi nessa casa que Bernanos viveu em Vassouras. Faz quinze anos que não vou lá, mas basta perguntar.

E foi o que nos apressamos a fazer num ponto de táxi.

– Fazenda Cataguá? É só ir reto, na estrada de São Paulo.

Fazia uma semana que eu estava no Brasil. Começo a gostar deste "país criança" exaltado por Stefan Zweig cujos livros brasileiros não largo nesses dias. Numa cidade de 50 mil habitantes, pudemos reencontrar uma casa a partir só do nome, tão facilmente quanto se estivéssemos numa aldeia. Depois de ter perguntado novamente nosso caminho a duas senhoras que se refrescavam debaixo de uma amendoeira, acabamos chegando.

A Fazenda Cataguá é uma bela casa de paredes brancas e batentes azuis, escondida no meio de hibiscos. Nenhum guia menciona a passagem de Bernanos pela região, mas Lilia Contini, que nos acolhe com gentileza, sabe que o escritor viveu aí.

– Ao ir embora, deixou a banheira cheia de livros.

Ela nos mostra a banheira, explicando-nos que se recusou a trocá-la quando fez a reforma do banheiro.

– Ela faz parte do patrimônio cultural brasileiro!

Antes que partíssemos, Lilia nos faz provar um copo de *cravo e canela*, uma aguardente local. Aceitamos de bom grado, sob as árvores de largas palmas. Bernard Marcel Crochet é inesgotável e preciso.

– Do outro lado da propriedade, havia uma casinha onde Bernanos se isolava para trabalhar. Foi lá que redigiu *Nós Outros, Franceses*. Em Vassouras, nunca se acostumou a escrever nos cafés. Não tenho certeza de que tenha se sentido em casa nesta cidade. Viveu aqui como um hóspede, de fevereiro a junho de 1939, e rapidamente teve vontade de ir embora, enfiar-se nos confins de Minas Gerais para conhecer o Brasil do interior.

4
EM BUSCA DO REI ESCONDIDO

QUANTO É MELHOR, QUANTO HÁ BRUMA,
ESPERAR POR D. SEBASTIÃO,
QUER VENHA OU NÃO!

Fernando Pessoa, *Liberdade*

De Vassouras, Bernanos foi várias vezes a Petrópolis, antiga residência de verão dos monarcas brasileiros onde residia o neto de Pedro II, Pedro de Alcântara de Orléans e Bragança. Exilado depois da queda da monarquia em 1889, o chefe da casa imperial do Brasil tinha sido autorizado a retornar a seu país em 1920. Desde então, vivia em Petrópolis, numa dependência no antigo palácio imperial. Seu filho, Dom Pedro Gastão de Orléans e Bragança, ocupava ainda essa residência na primavera de 2001, não longe da casa de Santos Dummont, morada do célebre aviador brasileiro.

Os guias turísticos evocam o príncipe e o aviador mas se esquecem de Stefan Zweig, que viveu meses decisivos em Petrópolis, numa casa alugada, número 34 da rua Gonçalves Dias. Tendo chegado ao Brasil em agosto de 1941, o autor de *O Mundo que Eu Vi, Memórias de um Europeu* gostava mais do que ninguém do "charme primitivo" dessa cidade, situada a 70 quilômetros do Rio e a 800 metros de altitude, espécie de Baden-Baden tropical onde hibiscos florescem o ano todo. Ele descansa no cemitério municipal.

Em Petrópolis, vem-se acalentar a lembrança de um império defunto, exemplo singular de uma monarquia no Novo Mundo. A figura

4. EM BUSCA DO REI ESCONDIDO

de Pedro II, imperador formado nas humanidades francesas, correspondente de Lamartine e Hugo, membro da Academia de Ciências de Paris, permanece bem popular. No antigo Palácio Imperial transformado em museu, sua indumentária de consagração com plumas de tucano, sua coroa, suas joias, seus livros, seus relógios, suas locomotivas ressuscitam um século romântico, positivista e francês cuja nostalgia é cultivada por alguns brasileiros. Em 1992, durante um referendo institucional, 12% dos cidadãos se declararam favoráveis à restauração do império.

A catedral de São Pedro de Alcântara, o palácio de cristal, o museu imperial, não à toa, são o símbolo de certo orgulho brasileiro. Esses monumentos evocam uma época em que as famílias reais da Europa casavam seus herdeiros com os filhos imperiais. Foi assim que a arquiduquesa Leopoldina, filha de François I, imperador da Áustria que derrotou Napoleão, casou-se com Dom Pedro, primeiro imperador do Brasil; ou que Gaston, conde d'Eu, uniu-se à princesa Isabel. Casando-se com a herdeira de Pedro II em 1864, o neto de Louis-Philippe esperava se tornar um tipo francês de Imperador do Brasil. As flores-de-lis que decoram a louça e a roupa de cama do Palácio imperial evocam esse sonho louco.

No Rio, uma Escola Politécnica, uma Escola de Minas e uma Faculdade de Medicina foram criadas com base no modelo das de Paris. Victor Hugo e Auguste Comte eram os deuses da elite intelectual brasileira; o *hugonismo*, uma febre. A Academia Brasileira de Letras era como uma irmã da Academia Francesa.

Entretanto, os brasileiros, cuja consciência nacional se afirmava, não quiseram um príncipe consorte estrangeiro, mesmo originário de uma França à qual todos os olhares estavam voltados. A Guerra do Paraguai, em torno de 1840, havia abalado a honra do império. Seu prestígio de *democracia coroada* não bastava. A assinatura do decreto de abolição da escravatura em 1888 serviu de desencadeador. No ano seguinte, Pedro II foi derrubado pelos grandes proprietários de terra.

O monarca veio terminar seus dias em Paris. Foi atrás de republicanos para invejar sua sorte. Dentre eles, Olavo Bilac, discípulo brasileiro de Leconte de Lisle e cronista da *Gazeta de Notícias* do Rio. Ele não imaginava um imperador exilado na França sem divertir-se: "Quando a agulha da torre Eiffel resplandecer ao sol do verão, o imperador caído passeará pela cidade luz, em meio a cumprimentos de simpatia, sua maravilhosa barba de rei Lear".

Meio século após a morte de Pedro II, numa fria jornada de dezembro no hotel Bedford em Paris, Bernanos cultivava a sua lembrança. Em *Nós Outros, Franceses*, ele celebra "a Nobre Casa de Bragança" sacrificando um "trono imperial pela liberdade dos negros". Eminentemente política, essa visão o levará frequentemente a saudar "o Imperador Pedro, homem a quem a boa vontade, o bom senso, o patriotismo e a inflexível fidelidade ao dever ocupam lugar de gênio, e que é o verdadeiro fundador da nacionalidade brasileira". É verdade que os Bragança permitiram ao Brasil poupar-se de uma guerra de Secessão, como o fizeram, algumas décadas antes, com relação à guerra de Independência.

O escritor teve pressa de vir cumprimentar seu neto em Petrópolis. Como seu primo português, Dom Manuel, que Bernanos sonhou em reconduzir ao trono lisboeta num pré-guerra esquecido, esse príncipe descendia diretamente do lado paterno de Hugues Capet e teria sido o seu herdeiro sem dois nascimentos ilegítimos que interromperam sua ascendência. Sua filha Isabel tinha, além disso, esposado Henri d'Orléans, conde de Paris e pretendente do trono da França. Em março de 1939, a condessa de Paris, que morava na Bélgica, havia atravessado o Atlântico com seus cinco filhos para proteger-se na casa de seus pais em Petrópolis.

Vindo visitá-la em sua residência de exílio, Bernanos esperava passar algumas mensagens a seu real esposo. Difíceis de datar, mas talvez redigidas ao longo do verão de 1939, dois esboços de carta testemunham

4. EM BUSCA DO REI ESCONDIDO

projetos audaciosos: "Peço humildemente, Vossa Alteza Real, que a reveja uma vez. Refleti bastante sobre as reviravoltas que tomam os acontecimentos e as oportunidades que eles oferecem ao Monsenhor Conde de Paris".

Fui visitar recentemente a condessa na rua Miromesnil em Paris, com sentimentos de fidelidade e devoção certamente menos fortes do que os de Bernanos, porém vivos para um jovem de minha idade. Fiz várias perguntas à neta da princesa Isabel, nascida Orléans e Bragança, sobre as visitas do escritor. Ela me falou longamente, acrescentando a seu testemunho mil detalhes. Era quarta-feira, 20 de outubro de 1992. Anotei suas observações num caderno, sem suspeitar de que um dia no Brasil essas notas seriam bem úteis.

– Eu o via chegar ao palácio da família de Grão-Pará com suas crianças, suas bengalas, seus magníficos olhos azuis, apaixonado, agitado por milhões de ideias. Nós o recebíamos para almoçar em Petrópolis, onde veio visitar-me inúmeras vezes. Ele não havia perdido nada de sua fé monarquista. Com meu pai e meu irmão, falava de política, de religião. A história do Brasil o apaixonava, e creio que sua ligação com este país havia conseguido que esquecesse os acontecimentos trágicos que havia presenciado na Espanha. Nossas conversas eram intermináveis. Enquanto nossas crianças brincavam juntas, Bernanos evocava a França, inquieto com o Império, com a influência francesa. Lembro-me de que ele se preocupava bastante com a Indochina. Perguntava-me sobre o Conde de Paris. Tinha projetos para ele, ideias. Queria que ele voltasse para a França, assumisse uma grande ofensiva contra a Alemanha e desfizesse a mentira, como ele dizia.

Grande Bernanos! Depois de ter fugido da Europa e percorrido dez mil quilômetros para atravessar o Atlântico, depois de ter sonhado com um falanstério no Paraguai e suspendido acampamento em Assunção com seu jeito de Tintin paranoico, ei-lo, sob as palmeiras reais de Petrópolis, dissertando sobre o destino do mundo com os descendentes brasileiros de Hugues Capet. A *fazenda* que ele procura para servir de ponto de partida para sua paróquia sob o trópico ainda não foi encontrada. A guerra que se anuncia promete o pior. Nada o impede de falar de história da França e do destino do mundo como um poeta, quer dizer, como um homem que vive seus sonhos ou os revive sem sabê-lo.

Na primavera de 1939, ao encontrar a condessa de Paris em Petrópolis, faz sete anos que Bernanos brigou com Maurras. *Escândalo da Verdade*, que Gallimard acaba de publicar em Paris, traz a marca da raiva que o toma com relação ao "ditador espiritual do nacionalismo francês". Ele, porém, não deixa de ter esperança. Desde 1937, data na qual o Conde de Paris rompeu com a Ação Francesa, o escritor o vê como o homem capaz de reerguer a "tradição monárquica francesa". As direitas o acusam de ser um príncipe vermelho. Para Bernanos, é uma promessa.

Segundo o escritor, os dois homens só se viram uma vez. Foi na primavera de 1928. Bernanos fazia parte de uma delegação que viera apresentar suas homenagens ao pretendente, Jean duque de Guise, e a seu filho Henri, então exilados na Bélgica.

A lei do exílio imposta pela República ao chefe da casa de França remontava a 1886, ano do casamento triunfal da princesa Amélie, bisneta de Louis-Philippe, com Carlos I, penúltimo rei de Portugal. Dessa rainha Amélie, Bernanos teve a oportunidade de ouvir falar já que foi seu filho, Manuel II, que ele tentou reconduzir ao trono de Lisboa em 1912.

Em 1928, Bernanos vai à mansão de Anjou, perto de Louvain, para encontrar o "Monsenhor le Dauphin", como gostará de contar com seu sotaque à la Joana d'Arc. Desse dia, dá provas um de seus textos mais inflamados, verdadeiro manifesto de seu monarquismo: *Natal na Casa de França*.

Ele permite compreender que já nessa época sua "política" não tem quase vocabulário comum com o de Maurras. Enquanto o autor de *Caminho do Paraíso* se situa do lado da razão e das ásperas deduções da "física social", Bernanos escolhe a graça, a glória e a fé. Sua exaltação é a de uma criança que acaba de ganhar de seus pais uma fantasia de mosqueteiro.

"Eu conheço um jovem da Lorena de quatro anos que, diante de minha pergunta: 'O que é um rei?', respondeu-me: 'Um homem a cavalo que não tem medo!' Seu papai é republicano. Pouco importa! – Sim, rapaz, um homem a cavalo. Pouco importam a cor local e os modos da guerra moderna e das corridas!" Nunca, mais do que nessas páginas inflamadas, Bernanos experimentara com tal júbilo o prazer eterno da enumeração... Bayard, Corneille, Perrault... O príncipe de Ligne, Walter Scott, Charles Péguy... Homens, batalhas, lembranças, paisagens desfilam como num sonho... Malplaquet, Rossbach, Rocroi... Os vivos e os mortos são convocados para saldar Henri d'Orléans, conde de Paris, e provocar o futuro. "Com você, quando você quiser, nós faremos história. E que história! A de três ou quatro séculos mais tarde torna-se um conto, um belo romance de aventuras, com imagens em cores que fazem sonhar as meninas e gritar de alegria os meninos."

Dez anos mais tarde, Bernanos não perdeu nada de sua ligação com o príncipe que lhe havia outrora surgido tão jovem e tão cheio de futuro. Contudo, ainda uma vez, parece ter levado até o limite a experiência do *desengano*. Incessantemente reafirmado, seu monarquismo passou lentamente da devoção pessoal ao conde de Paris a uma ligação ao que chamava de "tradição monárquica francesa".

Seus artigos dão provas de uma lenta mudança de estado de espírito. Assim, em *O Jornal*, em janeiro de 1942: "Nunca escondi que era monarquista, e, no momento em que, diante da ausência do pretendente, há pouco consolo e honra em servir sua causa, poderia ainda menos pensar em renegá-lo". Em dezembro de 1944, ele é bem mais violento: "Um rei não é para mim senão o primeiro servidor do povo, o protetor natural do povo contra as poderosas oligarquias – ontem os feudais, hoje os trustes. [...] Monsenhor o Conde de Paris compartilhava de minhas ideias a esse respeito, e em dezembro de 1942 fazia-me ainda dizer, através de um amigo suíço que, a despeito das aparências, permanecia de acordo comigo. Talvez tenha ele traído o futuro em benefício do passado, tentado mobilizar à sua causa as antigas elites derrotadas? Se era isso, nós só teríamos de assumir contra um jovem príncipe perdido a defesa do princípio de que ele se reclama e da ilustre casa de onde saiu. Onde quer que o jovem pretendente se apresente, em Perpignan ou em qualquer outro lugar, o dever de todo bom francês seria, então, recebê-lo a tiros de fuzil".

Tive a oportunidade de entrevistar o conde de Paris sobre esses artigos. O príncipe havia aceitado encontrar-me no Ritz, praça Vendôme em Paris, perto do meio-dia. Eu estava ansioso com a proximidade da entrevista. Henri d'Orléans não tinha a reputação de querer iluminar zonas de sombra que cercavam sua vida. Comecei lendo a prosa vingadora de Bernanos. Ele me ouviu sem dizer nenhuma palavra, mostrando em alguns instantes um sorriso irônico.

– Eu não conhecia esses textos. Eles são violentos.

– Você sabia que Bernanos guardava um ressentimento com relação a você?

– Contaram-me.

– Você sabia por quê?

– Ele tinha planos para mim, uma ideia precisa do papel que eu devia desempenhar no momento da guerra. No outono de 1939, queria que eu retornasse a Paris e assumisse a frente dos exércitos franceses.

– Na época, você realizava missões diplomáticas na Europa central para o governo francês?

– Sim.

– E você recebeu cartas de Bernanos?

– Várias, trazidas por amigos que vinham do Brasil.

– Você as guardou?

– Meus arquivos de antes da guerra desapareceram. É lamentável. Felizmente, minhas lembranças são ainda precisas.

– Qual era sua relação com Bernanos antes do exílio dele?
– Quando conheci Bernanos, eu tinha vinte anos, ele me impressionou bastante. Nossas concepções da monarquia eram bem próximas. Ele e eu tínhamos a certeza de que era preciso tirar o monarquismo do gueto do nacionalismo de extrema direita.
– Você foi ao Brasil?
– A condessa de Paris e as crianças se refugiaram lá. Eu me juntei a eles em junho de 1939. Fiquei com eles até o mês de agosto. Lembro-me de que embarquei no Rio no dia de São Luís.
– Você se encontrou com Bernanos nessa ocasião?
– Nós devíamos ter nos encontrado. Um de nossos amigos comuns quis organizar um encontro em Belo Horizonte. Essa entrevista não aconteceu.
– Você se lembra de quais foram as razões?
– Não.
– Em *Nós Outros, Franceses*, concluído na primavera de 1939, Bernanos lhe dedicou páginas magníficas.
– Eu recebi esse livro com um belo envelope.
– O que aconteceu para que ele abandonasse esse tom de adesão generosa para falar tão duramente de você?
– Quando voltei para a Europa, sempre tive notícias contraditórias de Bernanos. Não me relacionei mais diretamente com ele. Não posso lhe dizer o que aconteceu.
– Bernanos o criticava por não ter ido a Londres juntar-se ao general De Gaulle?
– O general De Gaulle também me criticou por isso. Mas eu não podia ser homem de um partido.
– Para você, a França Livre não era toda a França?
– Só uma parte. Havia franceses que sofriam a ocupação alemã no território nacional.
– E Bernanos ignorava isso?
– Não. Ele idealizava.

— Se você tivesse respondido ao chamado de 18 de junho, se você tivesse ido a Londres, uma restauração monárquica talvez tivesse se seguido à Liberação?

— Não podemos reescrever a História. E esta nos reserva surpresas. O único país da Europa onde se produziu uma restauração monárquica após a guerra foi a Espanha. E quem foi o artífice dessa restauração? Franco. O homem que odiava Bernanos!

Assim falava Henri d'Orléans, conde de Paris, enquanto eu o entrevistava. Essa duplicidade satisfeita cansou Bernanos.

Aqueles que se interessaram pelos anos brasileiros do escritor erraram, no entanto, ao não prestar atenção às suas profissões de fé monarquistas, como se sua fidelidade pudesse parecer esperteza. Ela foi constante, pública, certa.

Assim se pronuncia em Buenos Aires, em julho de 1938, diante de um público de elegantes e senhores sérios convidados por Victoria Ocampo: "Quando eu me assumo monarquista, entendo muito bem que essa declaração pareça absolutamente desprovida de interesse aos amáveis argentinos que veem nela apenas a afirmação de uma preferência política, tão indiferente em si quanto seria, por exemplo, a confissão de meu gosto pela caça ou a equitação. Vocês se esquecem do que representa para nós a tradição monárquica. É algo que meu país viveu durante mil anos! [...] Nesse sentido, pode-se dizer que todos os franceses são monarquistas como eu. Eles o são sem saber; quanto a mim, eu sei."

Propostas desconcertantes para um auditório argentino. No entanto, alguns analistas da vida política francesa talvez não desaprovassem seu autor.

Para além das veleidades da restauração, Bernanos queria dar provas do profundo substrato monarquista dos franceses. A tradição política de seus interlocutores pouco lhe importava. O velho e puro propagandista do rei impunha-se o dever de educar seus interlocutores republicanos. Seu amigo Jean Bénier, constantemente a seu lado

4. EM BUSCA DO REI ESCONDIDO

até janeiro de 1940, relatou sua reação diante de um jovem secretário da missão francesa em Assunção que havia ingenuamente ousado lhe opor considerações antimonárquicas provenientes de um manual escolar. O almoço, que havia começado calmamente, terminou com uma lição de história da França cheia de alarido e furor.

Essa espécie de explosão, em que o prazer aristocrático de desagradar encontrava a alegria infantil de demolição das ideias recebidas, era uma das especialidades do escritor. Virgílio de Mello Franco, Geraldo França de Lima e Paul Gordan relataram-no. Bernanos podia ter jurado receber o conde de Paris com um fuzil, como um *chouano* de Cadoudal,[1] desesperado ao aguardar o desembarque dos príncipes emigrados na praia de Quiberon, mas não deixava de preservar sua verve monarquista. Seus convidados tinham direito a precisas demonstrações dos benefícios da monarquia. E estes valiam tanto para a França quanto para o Brasil: em fevereiro de 1943, o escritor recebeu Dom Pedro de Alcântara de Orléans e Bragança e os seus em Cruz das Almas, manifestação de um monarquismo obstinado que impressionava seus amigos.

À mesa em Cruz das Almas, ao redor da qual vinte pessoas podiam sentar-se, as refeições se transformavam frequentemente em celebração da Antiga França. Não da França dos juristas reais ou dos intendentes de Luís XIV. Da França heroica das catedrais e da cavalaria, de Joana d'Arc e Du Guesclin.[2] Uma nação cujo destino se pode mais facilmente ler no Grande Poema nacional, obra comum e incessantemente retomada por Ronsard, Hugo e Péguy, do que nos livros de história.

No Brasil, Bernanos não deixa nunca de recitar versos. Pouco importavam as ideias políticas de seus autores. Hugo podia bem ser

---

[1] Do francês *chouan*, insurgentes monarquistas no norte da Loire, opostos à Revolução Francesa. Georges Cadoudal (1771-1804) foi um general chouano, chefe do exército católico e real da Bretanha. (N. T.)

[2] Bertrand du Guesclin, conde de Longueville, responsável pela expulsão dos ingleses no século XIV sob Carlos V. (N. T.)

republicano. Sua obra provocava uma melancolia monárquica, uma melancolia da época real, heroica e poética ao mesmo tempo.

Afonso Arinos de Mello Franco, escritor e irmão de Virgílio de Mello Franco, contou a paixão com a qual Bernanos declamou o grande canto da tomada de Narbonne em *A Lenda dos Séculos* no final de um jantar em que serviu um *coq au vin* preparado sob seus cuidados.

No poema, Victor Hugo canta a bravura de Aymery, pajem de vinte anos de armamento ridículo, "uma espécie de criança de tez rosa e mãos brancas" que toma de assalto Narbonne, defendida por vinte mil sarracenos enquanto os barões normandos, lorenos e borguinhões fugiam sem guerrear. Para o escritor, é o exemplo dos prodígios que pode realizar o heroísmo diante do poder da técnica, uma parábola sobre o destino da França após a derrota de junho de 1940.

"De pé, apoiado à chaminé onde havia pendurado suas bengalas, o velho Bernanos pegou o livro e começou a lê-lo, como se tratasse de um texto sagrado. Sua voz enchia a sala, revelando emoções que ultrapassam as palavras. Essa voz apaixonada ressuscitava bravuras desaparecidas, coragens de outros tempos."

É por seu monarquismo, livre dos ouropéis do modernismo maurrasiano, que a política de Bernanos é tão profundamente poética durante esse período. Com ela, soma-se a Chateaubriand das *Memórias de Além-Túmulo*, com o qual, no entanto, tem pouca coisa em comum. Estar noutro lugar lhe permite não se enganar com o que se passa aqui e agora. Sua melancolia monárquica o ajuda a pensar com clareza no momento da invasão da Tchecoslováquia pelo Reich, do armistício assinado por Pétain ou da entrada dos Estados Unidos na guerra.

Porque sabe que o futuro dura bastante, Bernanos aposta na derrota totalitária desde o primeiro instante. Em julho de 1940, numa carta dirigida a Jules Henry, embaixador da França no Brasil, para manifestar sua aversão ao novo regime e sua divisa "Trabalho, Família, Pátria", justifica sua atitude lembrando-o de sua fidelidade. "Em 1793, o lugar de monarquistas como eu não teria sido em Klobenz, mas no exército do Reno."

Assim Bernanos vira as costas às rigorosas disciplinas do nacionalismo para evoluir na direção de um modo de profetismo que evoca o sebastianismo, essa espera pela restauração gloriosa que assombrava os sonhos lusitanos desde o final do século XVI.

Apoiada numa interpretação ousada do Antigo Testamento, essa doutrina prometia o Império universal aos desafortunados portugueses privados de monarca depois da batalha de Alcácer-Quibir em 1578. Retomada pelos predicadores reais, veiculada através de canções, havia nascido nos bairros populares de Lisboa, onde não se queria acreditar na morte de dom Sebastião, o rei-cavaleiro de vinte e quatro anos que nunca retornou de sua cruzada nas areias marroquinas. Consigo, esse príncipe de olhos azuis havia levado vinte e quatro mil homens de bravura romanesca e desordenada. Nos despojos do acampamento descobriram-se dez mil violões.

Nas últimas horas da batalha, alguns se lembravam de ter visto o rei "coberto de poeira e suor, a camisa cor de carvão" arrastando atrás de si os últimos fiéis, em suas cavalgadas desesperadas contra a multidão de inimigos.

"– Que fazer? – gemiam eles.

– Morrer!...

– Morrer, senhor?

– Morrer, sim, mas lentamente."

Depois de cinco horas de batalha, juntaram-se os cadáveres de seis mil mouros e de oito mil portugueses, mas não o do rei. Seus partidários juravam que ele tinha conseguido fugir com alguns companheiros. Embarcara a bordo de um navio e refugiara-se nas Índias, no reino do Padre João. Outros diziam que estava escondido nas Ilhas Afortunadas ou no Brasil, às margens do rio das Amazonas onde seu reino se confundia com o do El Dorado, o príncipe dourado cuja miragem havia excitado a imaginação espanhola.

Transfigurado com seu desaparecimento trágico, Dom Sebastião tornara-se *o Encoberto*, cujo retorno seria aguardado pelo povo, num dia de bruma no Tejo. Político no final do século XVI, messiânico no período barroco, poético nos tempos modernos, o sebastianismo se perpetuou de geração em geração, muito além de um retorno possível de Sebastião de Avis. No século XVII, essa doutrina recebeu novo vigor graças ao jesuíta Antônio Vieira, lógico sutil, orador magnífico, missionário no Brasil e defensor dos direitos dos Índios. Depois da Independência de 1640, empenhou-se em convencer o povo que João IV, o primeiro soberano da nova dinastia, era o rei escondido há tanto aguardado. Depois de sua morte, previu seu retorno glorioso sob a aparência de Dom Sebastião e a chegada do Quinto Império – Israel do fim dos tempos sucedendo à Grécia, à Roma, à Cristandade e à Europa do Renascimento.

Esse sonho atravessou séculos, apesar da ascensão ao poder de uma nova dinastia depois da Independência de 1640 e do desfile de uma meia-dúzia de reis. O sebastianismo se transmitiu para além do despotismo esclarecido do marquês de Pombal e da invasão francesa de 1807. Nos séculos XIX e XX, ele encontrou um vigor novo, graças a escritores como Almeida Garrett, Fernando Pessoa, Mário de Sá-Carneiro, Teixeira de Pascoaes e Augusto Ferreira Gomes.

No Brasil, teve inúmeras variações, sendo a mais comum a promessa do retorno justiceiro de um rei que liberta os pobres do Nordeste. Em São Luís do Maranhão, uma tradição local afirma que Dom Sebastião refugiou-se na Ilha dos Lençóis, ao largo do Atlântico, e construiu um palácio debaixo d'água, onde vive. Todas as sextas-feiras do mês de junho, *o Encoberto* se transforma num boi negro reconhecido graças à estrela que traz no meio da testa. Esse encanto continuará até o momento em que alguém tiver a coragem de ir até a ilha e arrancar a estrela da cabeça do rei.

Nesse dia, Dom Sebastião reaparecerá em sua glória e majestade, seu palácio sairá da água e São Luís será engolida por ter faltado em fidelidade ao monarca prisioneiro de um sortilégio.

Persistindo em Portugal no momento da Revolução dos Cravos, o sebastianismo é uma manifestação exemplar da *saudade*. Essa palavra, que o francês "melancolia" traduz mal, surge em todas as conversas, em Lisboa, em Cabo Verde, em Belém e em Goa, nas oitavas de Camões, no *fado* de Maria Severa Onofriana e na *bossa nova* de Vinicius de Moraes. Manifesta o gênio de uma civilização onde o essencial não é vencer, mas sobreviver. A *saudade* é a presença na ausência, um desejo de felicidade fora do mundo, mesclando a tristeza do que não existe mais e a espera do que virá. Assim a definia Dom Francisco Manuel de Melo, grande poeta do período barroco:

> A saudade é uma mimosa paixão da alma, e por isso tão sutil, que equivocadamente se experimenta, deixando-nos indistinta a dor da satisfação. É um mal que se gosta, e um bem, que se padece. [...] Compete por esta causa aos racionais, pela mais nobre porção que há em nós; e é legítimo argumento da imortalidade de nosso espírito, por aquela muda ilação, que sempre nos está fazendo interiormente, de que fora de nós há outra coisa melhor que nós mesmos, com que nos desejamos unir.[3]

Subtraídas ao veredito da História, as esperanças portuguesas encontraram refúgio, assim, no mito e na *saudade*.

Bernanos teve uma ideia disso durante os preparativos do alegre e desvairado empreendimento português em 1912. Nessa época, a elite lusitana estava literalmente eletrizada pela renovação do sebastianismo – e notadamente os aristocratas que haviam aprendido a ler com *Os Lusíadas* de Camões e suspiravam por seu esplendor perdido.

Portugal tinha sido feito para agradar o jovem que se oferecera como máxima: "Encarar!". Os mouros, os castelhanos, o Atlântico... Os portugueses nunca deixaram de encará-los. Sem pretensão e sem violência, para a felicidade eterna da espera. Não apenas Bernanos ouviu falar desses sonhos e restauração gloriosa, mas sonhou em participar, à frente de um grupo de voluntários franceses, num dia de bruma sobre o Tejo.

---

[3] Texto original apud E. Lourenço, *Portugal como Destino* seguido de *Mitologia da Saudade*. Lisboa, Gradiva, 1999, p. 111. (N. T.)

Trinta anos mais tarde, o escritor reatou com essa *saudade*, essa melancolia lusitana que nasceu para amar e que reencontrava depois de ter perseguido uma quimera. Viajante com a bússola imantada por um Mediterrâneo improvável, explorador em busca de Índias que não figuram em nenhum mapa, ele havia perseguido o esplendor da alma espanhola, sonhado com suas majestades cheias de sangue, de volúpia e de morte. Contudo, em Maiorca e no Paraguai, certo gosto pela desgraça herdado do caráter castelhano o havia aterrorizado. Em duas oportunidades, havia fugido.

Só no Brasil, esse país que ele não procurara, foi que conseguiu ter uma nova pátria. O caráter lusitano, enriquecido pela imaginação indígena e pelos mistérios dos deuses africanos, conciliava-se com os segredos de sua alma. Ele compartilhava dessa mistura de tristeza e alegria, desse gosto por uma vida épica num mundo sem epopeia.

Assim Bernanos se revelou bem mais profundamente lusitano do que castelhano, mais completamente *fidalgo* do que grande da Espanha, como se acreditava. É verdade que gostava de insistir em sua distante ascendência ibérica. Um desses ancestrais distantes, o major capitão Jean Bernanos, morto diante dos ingleses de São Domingo em 1606, seria herdeiro de uma família oriunda do país basco espanhol. Através desse glorioso irmão da costa, um pouco do sangue de Inácio de Loyola, de João da Cruz e de Teresa d'Ávila fervia nas veias do autor dos *Grandes Cemitérios sob a Lua*. E Georges Simenon não errava em compará-lo com Goya. Homem do Mediterrâneo, do sol, do mistério em plena luz em algumas horas de sua vida, homem dos sortilégios da noite noutras, Bernanos amou como nenhum outro o céu de Maiorca, a tourada, a Espanha "triste e colorida", os entardeceres quentes à sombra das casas de Palma. No entanto, alguma coisa de cruel e de trágico lhe desagradava na alma espanhola. Um excesso de vermelho e de sangue, ao qual ele preferia o negro da melancolia lusitana, sobretudo em sua versão brasileira em que a tristeza, a dor e o pecado são incessantemente conjurados por uma confiança infinita no futuro.

Erraríamos ao confundir as duas nações ibéricas e as civilizações que ambas exportaram. Espécie de Michelet português e biógrafo de sua pátria, Oliveira Martins insiste nas nuances essenciais em sua *História de Portugal*:

> Há no gênio português qualquer coisa de vago e fugitivo, que contrasta com a terminante afirmativa do castelhano; há no heroísmo lusitano uma nobreza que difere da fúria dos nossos vizinhos; há em nossas letras e no nosso pensamento uma nota profunda ou sentimental, irônica ou meiga, que em vão se buscaria na história da civilização castelhana, violenta sem profundidade, apaixonada mas sem entranhas, capaz de invectivas mas alheia a toda a ironia, amante sem meiguice, magnânima sem caridade, mais que humana muitas vezes, outras abaixo da craveira do homem, a entestar com as feras. Trágica e ardente sempre, a história espanhola difere da portuguesa que é mais propriamente épica [...].[4]

Alguns viajantes partiram à procura do gênio português em Porto Santo, São Tomé, Cabinda, Goa ou Macau. Refizeram o caminho dos marinheiros magníficos cantados por Camões nos *Lusíadas*. Como Cabral antes dele, Bernanos se deixou simplesmente levar por ventos contrários, acolhendo com um coração simples os dons da Providência. Seus sonhos levavam-no mais aos países onde os castelhanos haviam estendido o seu império da "cavalaria do divino". A alma lusitana lhe foi revelada desfeita, mesclada, renovada no fundo do crisol brasileiro, menos negra e mais sensual no Rio do que em Lisboa, resposta inesperada aos delírios dos senhores da raça tornados mestres na Europa.

---

[4] Texto original extraído de Oliveira Martins, *História de Portugal*, tomo I. Antônio Maria Pereira / Livraria Editora Lisboa, 1908, p. 6. (N. T.)

5

SENHOR OUINE EM PIRAPORA

> DEUS SABE O SOFRIMENTO QUE SINTO DE NÃO
> ESCREVER MAIS ROMANCES. É UM SACRIFÍCIO
> ENORME PARA MIM. MAS QUERO TENTAR
> DEVOLVER ÀS PESSOAS SEUS REFLEXOS DE BOA FÉ,
> DE SINCERIDADE.
>
> Franceses, Se Vocês Soubessem...

A História tem obstáculos que a razão conhece bem. Na primavera de 1939, Bernanos pressente que seus projetos de paróquia francesa sob o trópico estão comprometidos pelo conflito que se anuncia. Em 15 de março, a Alemanha nazista engoliu o que restava da infeliz Tchecoslováquia. Nem a França nem a Inglaterra reagiram, apesar do que haviam dito previamente. Uma guerra se anuncia na Europa. O escritor sabe que ela será a da desonra.

Pouco importa. Ele sonha com terras, gado e acredita ainda num paraíso perdido. No dia 26 de junho, acompanhado por sua mulher e seu filho Jean-Loup, deixa Vassouras e segue a Pirapora, a 800 quilômetros ao norte do Rio de Janeiro, para além da última estação da estrada de ferro, na região dos tatus brincalhões, das piranhas esfomeadas e dos papagaios coloridos. Claude, Michel, Dominique, seu sobrinho Guy Hattu, o doutor Jean Bénier e os seus previram juntar-se a eles mais tarde.

5. SENHOR OUINE EM PIRAPORA

Penetrando no interior do "imenso Brasil", Bernanos espera afastar-se das fatalidades que surgiam. No extremo norte de Minas Gerais, numa paisagem de "deserto tropical de plantas cortantes, lianas mortas, árvores anãs, rios de águas mornas, repugnantes, com essa terra nua debaixo dos olhos, terrivelmente nua sob sua mortalha de areia", quer enfim fundar a colônia francesa com a qual sonhava desde a sua chegada na América. Ignora a violência dessa hora.

Em Pirapora, Virgílio de Mello Franco detém a *Companhia Indústria e Viação de Pirapora (CIVP)*. Essa empresa assegura as ligações no São Francisco, rio que vai até a Bahia através do sertão, antes de lançar-se ao Atlântico, mil quilômetros ao sul do Recife. Ainda uma vez, as amizades que Bernanos fez na elite de Minas Gerais em sua chegada ao Brasil se revelam preciosas.

Como seu mestre Balzac antes dele, Bernanos aposta em negócios vantajosos que lhe permitam escrever livremente. E, como o outro, irá de fracasso em fracasso. Pouco importa. No vagão da estrada de ferro rangente que o leva até seu destino, através de uma paisagem de colinas queimadas pelo sol, cheias de formigueiros e de árvores ressecadas, o autor de *A Alegria* vive seus sonhos. Não chegou ainda a Pirapora; a fazenda onde quer instalar-se ainda não foi encontrada, mas já se vê como um *vaqueiro*. "Cada boi custa em média duzentos francos e se revende ao final de um ano quase pelo dobro."

Última estação da *Central do Brasil*, Pirapora é atingida após várias horas de viagem. É uma cidade fluvial de casas brancas e largas ruas de areia pacificamente situada às margens do São Francisco, com seu coreto minúsculo, seus cabarés de moças atraentes, suas palmeiras desgrenhadas. Um curioso e pequeno porto, fundado pelo pai de Lúcio Cardoso, o grande escritor brasileiro da geração de 1910, autor de *Crônica da Casa Assassinada*, espécie de Pasolini dos trópicos que reivindicou a influência de Bernanos em seus livros. Chegando a Pirapora, o autor de *Nova História de Mouchette* está cercado por esse surpreendente cenário de *western* abandonado, onde a civilização parece a cada instante prestes a render-se diante da força brutal da natureza.

Anos mais tarde, ele se lembrará da tempestade tropical que caiu sobre a cidade no momento de sua chegada e do "céu de repente varrido de nuvens, puro como um diamante". Na estação de trem, um jovem advogado mestiço veio recebê-lo. Chama-se Geraldo Ribas. Esse anfitrião atencioso leva Bernanos até sua casa e lhe apresenta sua biblioteca. Ao lado dos livros de Léon Bloy, cuidadosamente organizados, figuram quase todos os seus. O mais sensível dos escritores teria ficado abalado ao descobrir suas obras num lugar em que nunca pensara visitar. Na circunstância, a emoção, em Bernanos, mistura-se com um completo abandono à Providência e à certeza de que se toda vocação é um chamado – *vocatus*, gosta de repetir – os homens respondem apesar deles mesmos a esse chamado, levados pelo surdo instinto da alma.

Esperando encontrar uma fazenda, Bernanos e sua família se instalam no Hotel Internacional, grande prédio de paredes ocre hoje destruído. Faz um ano e alguns dias que o escritor embarcou em Marselha. Em Pirapora, crê ter finalmente descoberto um território virgem para a honra e a imaginação. O que não lhe impede de ficar intimidado com tanta austeridade. "País engraçado. À primeira vista, ficamos tentados a pegar o trem de volta e ir embora. Depois nos acostumamos, pouco a pouco, e acho que acabamos gostando."

Não fui a Pirapora.[1] Nos anos 1960, Pedro Octavio Carneiro da Cunha e Claude Bernanos, a segunda filha do escritor, que vive

---

[1] Ou tardiamente. Em novembro de 2002, uma viagem até as margens do São Francisco me permitiu confirmar algumas intuições e ver a Fazenda Paulo Geraldo. Nesse momento, Geraldo Ribas, o mestiço *bloyano*, estava ainda vivo, intelectualmente incapacitado, aposentado em Brasília. Soube disso da boca do doutor Ivan Passos Bandeira da Mota, que se lembrava de Bernanos. Uma piscadela à Providência: na semana de minha passagem, dois jornais locais, *A Semana* e *Corrente*, evocavam a temporada de Bernanos em Pirapora.

atualmente no Mato Grosso do Sul, haviam procurado em vão a Fazenda Paulo Geraldo – casa que o escritor chamava igualmente de Fazenda Santo Antônio, em homenagem ao padroeiro de Portugal ao qual os brasileiros devotam um culto atencioso.

Um quarto de século depois deles, Jean Bothorel teve a mesma sorte.[2] Baseando-me no testemunho deles, achava que a casa de Pirapora havia desaparecido, engolida pela natureza hostil.

Bernard Marcel Crochet me desenganou. Em Pirapora, encontrara recentemente Geraldo Ribas, envelhecido embora ainda apaixonado por Bernanos. Ele se encarregava de levar os curiosos à casa, precisamente situada em Buritizeiro, além do São Francisco. Era o ano de 1984.

A Fazenda Paulo Geraldo desafiava os anos, bem conservada. Durante nossa conversa debaixo das mangueiras da Fazenda Cataguá, Bernard Marcel Crochet me mostrou algumas fotos. Uma fazenda branca e baixa, de telhado de telha, orgulhosamente encravada numa região inóspita. Uma casa que se parece com a terra em que se encravou, e que Bernanos tanto amava. "Essa região é dura, com momentos de suavidade e ternura inexprimíveis."

Não fui a Pirapora, mas as evocações detalhadas de Bernard Marcel Crochet e as fotografias reunidas por Jean-Loup Bernanos num belo álbum de família[3] traçaram o quadro da mais extravagante empresa bernanosiana nesses anos. Igualmente preciosos, os livros de Michel Bernanos, segundo filho do escritor, nascido em 1923, a quem o Brasil inspirou uma série de romances metafísicos em que a influência paterna se mescla com um veio pessoal, no limite do fantástico. Assim, *L'Envers de l'Éperon*,[4] publicado dezenove anos após a morte de seu autor, que se matou em 1964, perto da floresta de Fontainebleau.

---

[2] Cf. Jean Bothorel, *Bernanos ou le Mal-Pensant*. Grasset, 1998.

[3] *Bernanos*, iconographie recuillie, choisie et présentée par Jean-Loup Bernanos. Plon, 1988.

[4] Michel Bernanos, *Le Cycle de la Montagne Morte de la Vie*. Fleuve Noir, 1996.

A ação se passa em Pirapora e a aspereza do *cerrado* é admiravelmente restituída.

> Era um mundo na origem dos tempos, um mar vegetal agitado pela brisa, onde as folhas desfiadas se manchavam de ferrugem ao sol, onde os caules inchados de seiva se balançavam ao ritmo de acordes misteriosos. Em alguns instantes, as carapaças anacrônicas dos tatus emergiam de buracos que os abrigavam, e um mundo fervilhante de insetos fazia vibrar o ar com ondas de alegria.

Nesse mundo hostil, Bernanos vai aprender a sentir-se em casa. Depois de ter residido algumas semanas no Hotel Internacional, e, em seguida, na casa dos amigos de Virgílio de Mello Franco, depois de uma expedição a cavalo com toda a sua família a Paracatu, antiga cidade de garimpeiros, o escritor se instala em outubro na Fazenda Paulo Geraldo, uns vinte quilômetros ao norte de Pirapora.

Cinco mil hectares, duzentas e oitenta vacas, bois, bezerros, touros, oito cavalos: o eldorado foi encontrado. Bernanos não quer pensar na guerra que irrompe na Europa, quer ocupar-se apenas com sua grande paixão. Esta carta a Joaquim de Salles está repleta de uma alegria infantil:

> Comprei duzentas vacas, e ganhei de imediato o direito de não me chamar mais de "homem de letras", mas vaqueiro, o que me parece preferível. Como homem de letras, e homem do mundo, eu estava preso a um monte de necessidades supérfluas; como vaqueiro, poderei escrever o que penso.

Bernanos sonha. Rapidamente, a terra que comprou se revela infértil, os animais se perdem, os jacarés e as onças devoram os bezerros, as tempestades tornam os rios intransponíveis e, apesar do prazer que o escritor tem de ver os bois receberem a sua marca, bastam dois meses para entender que o seu rebanho nunca o fará viver. Desde o fim de 1939, Bernanos conta seu despeito e seu sofrimento a Hilda de Boa-Vista, cunhada de Virgílio de Mello Franco. "Nunca pensei em enriquecer em Pirapora, ou noutro lugar, esperava apenas ter com o que viver, sem mais, e percebo que precisarei escrever vários livros para manter a fazenda e as vacas, ao passo que esperava o contrário, que elas nos mantivessem. À parte dessa reviravolta de papéis, esta velha e impossível região me agrada, e também a vida que levo."

Nenhuma frivolidade nessa carta. A partir de 18 de outubro de 1939, Bernanos começou a escrever um "Diário de Pirapora", o mais brasileiro de seus livros, que será publicado depois de sua morte sob o título de *As Crianças Humilhadas*.

O tom mudou desde *Escândalo da Verdade* e *Nós Outros, Franceses*. Na Fazenda Paulo Geraldo, Bernanos não é mais um viajante de passagem. O Brasil o capturou, ele se familiarizou com sua tristeza, sente-se desde então em casa: "Não lamento ter feito um caminho tão longo através do mar, pois encontrei neste país, se não a casa de meus sonhos, ao menos aquela que se parece mais com a minha vida, uma casa feita para minha vida. As portas não têm fechaduras, as janelas não têm vidros, os quartos, forro, e a ausência de forro faz com que se descubra tudo o que nas outras está escondido, o venerável avesso das vigas, vigotas e caibros, a cor pálida ou cinza manchada de rosa das doces telhas gastas...".

Em janeiro de 1940, os homens em idade de lutar que o seguiram até Pirapora, seu sobrinho Guy Hattu e o doutor Jean Bénier, são chamados de volta à Europa. Bernanos cerra os dentes. Sua criação vai mal, os acontecimentos militares o angustiam, a impotência o vence.

Até seu filho Yves fala de alistar-se. A solidão que o escritor experimenta é imensa. Ela será ainda maior quando seus filhos mais velhos o deixarem para unir-se às Forças francesas livres – Yves, em junho de 1941; Michel, em outubro de 1942.

Nesse instante, Bernanos esquece de seu rebanho e retorna à única coisa que sabe fazer, e à única coisa para a qual nasceu. Mais do que nunca, escreve, para permanecer vivo, para dizer sua dor aos homens e aos anjos, escurecendo dia e noite com sua bela caligrafia redonda os pequenos cadernos de estudante comprados na papelaria de Pirapora.

Paradoxo dos paradoxos para o escritor que se sonhava vaqueiro, para não se dizer mais homem de letras: longe de dispensá-lo de sua áspera disciplina das páginas cotidianas, sua temporada na América do Sul é a ocasião de uma excepcional atividade criadora.

Da Europa, viera com o coração e a alma cheios de livros. Conversou com a Plon, com Gaston Gallimard e Bernard Grasset. Algumas páginas injuriosas com relação a Maurras em *Escândalo da Verdade* o indispuseram com esse último. Pouco importa. Gaston Gallimard ficou entusiasmado em editar esse texto e publicar *Nós Outros, Franceses* seis meses mais tarde. O padre Bruckberger, que serve de intermediário, fala-lhe do diário cuja redação Bernanos empreendeu em Pirapora. Gallimard está animado. As primeiras páginas surgem na *NRF* do 1º de maio de 1940: "Nós voltamos à guerra como à casa de nossa juventude. Entretanto, não há mais lugar para nós...".

Desde 1931, Bernanos é perseguido por um romance que lhe escapa cada vez que crê dominá-lo. Várias vezes perdeu cadernos de estudante nos quais haviam sido redigidos capítulos essenciais. Esse modo de abandonar suas folhas à graça de Deus é um velho hábito. Voltando de Maiorca, foi obrigado a reescrever a totalidade de *Grandes Cemitérios sob a Lua*. Desta vez, o sofrimento é mais pesado do que nunca. Esse romance o esgotou espiritualmente. Não trabalha nesse livro, que devia chamar-se *A Paróquia Morta* e que rebatizou de *Senhor Ouine*, desde a primavera de 1936. Essa pintura do nada o abate. Não se sente com força para contar a patética agonia do Senhor Ouine, seu personagem que encarna o niilismo moderno. Restam-lhe umas vinte páginas a escrever, difíceis vinte páginas.

Em fevereiro de 1940, contudo, o escritor retoma a cópia datilografada que trouxe consigo e se põe novamente ao trabalho. Conclui seu livro na febre de semanas cheias de angústia. Em maio de 1940, envia o décimo nono e último capítulo de *Senhor Ouine* a Maurice Bourdel, editor de Plon. As confusões da guerra apagaram essas páginas. Elas estão faltando na edição original publicada por Charles Ofaire pela *Atlântica editora*, no Rio, em 1943, a partir de uma cópia datilografada incompleta. Estão ausentes da edição de Plon, publicada em Paris em 1946, reprodução da edição brasileira cheia de erros, lacunas e omissões.

Elas só serão reencontradas em 1951, graças à exumação por Albert Béguin de um caderno que lhe havia confiado Stat Prassinos, que possuía igualmente o manuscrito principal de *Um Sonho Ruim*[5] e fragmentos da *Vida de Jesus*, inacabada. Tarde demais. A reputação de obscuridade de *Senhor Ouine* estava estabelecida. Contrariamente à crítica brasileira, com alguns representantes eminentes como Álvaro Lins, que haviam demonstrado entusiasmo, a crítica francesa julgara duramente o livro – à exceção de Claude-Edmonde Magny em *Poésie 46*.

Esse julgamento não foi revisto. *Senhor Ouine* segue ainda hoje como uma espécie de obra-prima clandestina, livro de especialistas que veem aí o grande romance da morte de Deus concebido como sentido no homem e para o homem.

Após *Senhor Ouine*, Bernanos não retornou mais ao romance. Com exceção de *Diálogos das Carmelitas*,[6] iniciado em 1947 e concluído em março de 1948, três meses e meio antes de sua morte, renunciou à ficção para se consagrar à obra de combate.

Impossível reler hoje o último capítulo de *Senhor Ouine* sem pensar que as vinte últimas páginas de alta intensidade espiritual foram redigidas no meio do *cerrado* brasileiro, no cenário fantástico da floresta tropical, agregado desordenado de árvores enroladas, curvas, perdidas num horizonte sem limites.

---

[5] Em edição brasileira contemporânea, ver: Georges Bernanos, *Um Sonho Ruim*. Trad. Pedro Sette-Câmara. São Paulo, É Realizações, 2012. (N. E.)

[6] Em edição brasileira contemporânea, ver: Georges Bernanos, *Diálogos das Carmelitas*. Trad. Roberto Mallet. São Paulo, É Realizações, 2013. (N. E.)

Bernoville, Wambescourt, Boulogne, Brinqueville... Os nomes dos lugares, em *Senhor Ouine*, evocam sobretudo os caminhos de um Artois imaginário e familiar onde Bernanos já havia situado *Sob o Sol de Satã, Diário de um Pároco de Aldeia* e *Nova História de Mouchette*. Um cenário interiorizado, assimilado à matéria mesma de seu ser, e do qual nunca se deixou apartar. Se o tivesse sido, seus personagens o teriam trazido de volta. Uma página de *As Crianças Humilhadas* clama: "Eles me fazem rir com suas nostalgias das paisagens francesas! Eu não revi as de minha juventude, preferi outras, estou preso à Provença por um sentimento mil vezes mais forte e mais ciumento. Não é menos verdade que depois de trinta anos de ausência – ou do que chamamos com esse nome – os personagens de meus livros se encontrem eles mesmo nos lugares onde acreditei deixá-los".

Colocando um ponto-final à sua obra romanesca no coração do Brasil, Bernanos manifestava mais uma vez a profunda unidade de sua inspiração e de sua vida. Não possuía nada de um profissional da escrita capaz de mudar de cenário em suas intrigas ao sabor de suas viagens. Romance da asfixia espiritual e da privação do bem, espécie de anti-*Diário de um Pároco de Aldeia, Senhor Ouine* concluía a sua grande busca sobre o mistério da salvação empreendida com *Sob o Sol de Satã*. Não surpreende que um dos personagens tenha a sensação de estar "no meio de um romance policial". As trevas que envolvem os personagens são mais espessas do que nunca. No último capítulo, durante o qual Senhor Ouine em agonia reúne suas forças para uma derradeira confissão, o mundo exterior não existe mais. Instalado em sua mesa de trabalho na Fazenda Paulo Geraldo, no fundo de um pequeno pátio, debaixo de uma árvore débil, um chapéu colonial na cabeça, Bernanos entrou em si mesmo para concluir seu grande romance. O exterior anulado, restava-lhe apenas o interior, lugar de um drama extremo.

Acabou-se o mistério em plena luz, as paixões solares dos *Grandes Cemitérios*. Em *Senhor Ouine*, Bernanos atravessa a "noite escura da alma" que obcecou os ascetas e os artistas bem antes de João da Cruz. Desde os primeiros desenvolvimentos, a noite engole o mundo. "A noite é negra", insiste o romancista. Noite real, "noite fechada", na qual irrompe o delírio homicida do homem.

Foi Eugène, caçador, que levou a sua prometida Hélène à morte, animais perseguidos vítimas da conspiração universal; foi Perna-de-Lã, castelã demente, "refém obscura" da raiva dos habitantes de Fenouille, que a matam sem razão e sem consequência; é o pequeno criado cuja morte não será jamais elucidada.

Dessa noite está ausente toda alegria: "Há um momento em que sobre as ruínas do que resta ainda da antiga ordem cristã a nova ordem vai nascer, que será realmente a ordem do mundo, a ordem do Príncipe desse Mundo, do Príncipe cujo reino é desse mundo".

Esse espírito do mal conquistador possuía o rosto de um negociante de gado em *Sob o Sol*, o de Fiodor, ex-coronel russo viciado em éter, em *A Alegria*. Ele se encarna aqui no Senhor Ouine, professor de línguas aposentado cujas maneiras evocam Gide. Nova espécie de Corydon, Ouine exerce sobre o jovem Philippe, dito Steeny, uma dominação intelectual e ao mesmo tempo física, satisfeito com esse conhecimento sem amor. Tudo se passa num plano secundário. Indiscreto, ambivalente, Ouine detesta a luz. "Há anos – sempre – certamente desde as primeiras manifestações do mal que o devora, ele receia a manhã. [...] Pois a manhã parece excluí-lo desdenhosamente da vida, repeli-lo com os mortos. Ele a odeia." Ouine confessa "gozar" com o fim do dia.

A noite sempre esteve no centro do drama em Bernanos. "Uma grande noite, hein?", sopra o demônio ao abade Donissan durante o primeiro encontro deles em *Sob o Sol*. Em *A Impostura*, o abade Cenabre espera a noite para confessar seu drama ao humilde Chevance: "Eu perdi a fé!". Em *A Alegria*, a morte de Chantal de Clergerie engole a "alegria do dia": "Que noite!... A parte alta dos pinheiros mal se distinguia da cobertura tenebrosa onde uma única estrela não terminava de morrer. Tudo o que um sol terrível havia conseguido absorver em doze horas de luta implacável no flanco árido da terra acabara de subir lentamente, aspirado pelo crepúsculo, formava a mil pés acima do sol uma nuvem invisível, cuja franja ainda acobreada pelo pôr do sol era descoberta pelo olhar, a distância, na direção do oeste". Em *Um Crime,* romance que Bernanos queria escrever à maneira de Simenon e que acabou escrevendo à maneira de Bernanos – é típico do escritor –, tudo se urde igualmente na escuridão. Mesma coisa em *Um Sonho Ruim,* em que os personagens erram "através de terras selvagens onde, com o sol posto, não se vê uma alma". As cenas noturnas são inúmeras em *Diário de um Pároco de Aldeia,* em que o pároco de Torcy enuncia a teologia bernanosiana da noite: "Façam a ordem durante todo o dia. Façam a ordem pensando que a desordem vai vencer ainda no dia seguinte porque é justamente na ordem, ai de mim, que a noite joga para o alto seu trabalho da véspera – a noite pertence ao diabo". Desde as primeiras linhas de *Nova História de Mouchette,* o escritor mergulha seu personagem no coração da noite "onde a escuridão não permite mais distinguir nenhum rosto, onde só as vozes se levantam das trevas, perdem o sotaque familiar, descobrem um outro, traem-se". Para Mouchette, essa noite profunda é a de uma dor derradeira: "A noite é tão espessa que ela se sente como atrás de uma parede".

Todos os romances de Bernanos foram escritos com a tinta da noite. Suas novelas também, como essa narrativa redigida antes de *Sob o Sol de Satã* e chamada justamente de *Uma Noite.* Por que a noite? Porque ela é o lugar do afrontamento entre a angústia e a fé, a mentira e a dissimulação, a fé e a esperança. Que se trate de devassidão ou de santidade, é à noite que se dá o mistério da salvação.

Não é sem importância que o Cristo tenha nascido no meio de uma noite, luz que brilha na escuridão e que as trevas não compreenderam. No monte das Oliveiras, é durante uma noite que o Redentor afronta a tentação do desespero e confia sua tristeza a seus discípulos incapazes de permanecer acordados. No dia seguinte, quando dá o seu último suspiro na Cruz, a obscuridade submerge o mundo.

É esse drama da luta entre luz e trevas que Bernanos manifesta mergulhando neles os seus pobres padres e moças acossados pelo Diabo para além do dia. À noite, os medíocres e os indiferentes desaparecem, só permanecem os desesperados e os santos. A noite é a hora do pecado, mas também a do "ofício dos monges", como lembra o pároco de aldeia. A noite é o momento da danação, mas também o da comunhão dos santos, dogma sublime do qual os romances de Bernanos são uma permanente ilustração. Esse sermão do infeliz pároco a seus paroquianos indiferentes, em *Senhor Ouine*, constitui uma página essencial que faltava às primeiras edições do romance: "Que haja pecadores entre vocês, grandes pecadores, isso não tem consequências, cada paróquia tem seus pecadores. Enquanto durar a paróquia, os pecadores e os outros formam apenas um grande corpo onde a piedade, senão a graça de Deus, circula como a seiva de uma árvore. Vocês se esforçarão em vão para dizer, meus amigos, o homem não foi feito para viver só, ou em casal, como os tigres ou as serpentes. Infelizmente, a mais modesta reunião de homens não deixa de estar acompanhada por muita sujeira, e que dizer das cidades, das grandes cidades? Somente com a noite, a cidade desperta, ela respira por todos os poros a sujeira do dia recém-terminado, ela a mistura nos fossos, nos esgotos, até que não seja mais do que um lodo que escorrerá pouco a pouco até o mar, em seus imensos rios subterrâneos".

Com *Senhor Ouine*, Bernanos vai tão longe quanto lhe permitem seus meios romanescos para pintar a grande depressão do homem moderno, sua melancolia, sua náusea. Deixando o entalhe suave prezado por alguns escritores de sua época, emprega a maneira negra. Agnósticos ou ateus, seus irmãos de tinta são o Céline de *Viagem ao Fim da Noite*, o Giono de *Um de Baumugnes*, o Simenon de *Burgomestre de Furnes*. E Artaud, transtornado pela leitura de *A Impostura*: "Não sei se sou para você um rejeitado, mas, em todo caso, você é *para mim* um irmão em desoladora lucidez".

"*Senhor Ouine* é o que fiz de melhor, de mais completo", assegurava Bernanos em novembro de 1934 durante sua temporada em Palma. "O maior esforço de minha vida de escritor", reafirmou a Maurice Bourdel em fevereiro de 1935. "Está virtualmente acabado", assegurava em maio do mesmo ano. Ele não estava no fim de seu calvário. Precisou ainda de cinco anos para concluí-lo, oito anos para oferecer-lhe a edição original no Brasil, onze anos para que o lêssemos na França. Ocupado com a redação do *Diário de um Pároco de Aldeia* e de *Um Sonho Ruim*, obrigado a retomar *Um Crime* a pedido de seus editores, só teve tempo de redigir três capítulos na primavera de 1936, antes do início da guerra civil espanhola. No entanto, faltava-lhe ainda o último, a agonia do Senhor Ouine.

Longe das perversões ardentes e açucaradas dos personagens de Mauriac, longe dos terrores refinados que o "sentido do pecado" costuma produzir, *Senhor Ouine* encena um mundo dominado pelo absurdo. Um mundo de vazio infernal onde os homens se absorvem em si mesmos na droga, no álcool, na luxúria, na vaidade, na loucura. Com os processos de isolamento e de desumanização levados ao limite, o inferno é frio e o mal, triste. Para além de Ouine – literalmente, Sim-não (*Oui-non*), sonho diabólico de uma liberdade de indeterminação – para além do bem e do mal, não há nada. É o terrível segredo que Bernanos confia a seu leitor. Em sua grande ingenuidade, o homem moderno acreditou que a indiferença o tornaria livre. Fatal desdém. A indiferença não tem nenhuma causa final, ela não pode se preencher de nada.

Magistral lição romanesca que responde às acusações dos párocos inquisidores que haviam desconfiado de maniqueísmo em *Sob o Sol de Satã*. Contra o dualismo, que faz do mal um ser subsistente, Bernanos manifesta sua ortodoxia e junta-se ao ensinamento dos Padres gregos e latinos para os quais o mal não tem nem ser, nem natureza. Assim, Santo Agostinho: "O mal tem por causa uma insuficiência, e não uma eficiência"; ou Pseudo-Dionísio, o Areopagita: "O mal não age e só é desejado em razão do bem que lhe é adjunto; de si mesmo, ele é estranho ao fim, ele está fora de toda vontade e de toda intenção".

O grande desafio é o de conseguir traduzir essas máximas de teólogo em termos romanescos. Daí o imenso esforço de Bernanos no manuscrito de *Senhor Ouine*. Nada mais difícil do que tornar sensível o desaparecimento do sentido. Narração cortada, pontos de vista múltiplos, ausência de início e fim: o romancista Bernanos tem domínio e matéria interior. Isso, contudo, nem sempre basta. Em 1933, o ano de seus quarenta e cinco anos, confessa sofrer como um iniciante. "Faço o meu melhor. Espero por horas no fundo de cafés obscuros, escolhidos assim, e onde é absolutamente impossível permanecer cinco minutos sem fazer nada, com o risco de morrer de tédio. No entanto, depois de rasurar, rasgar, recopiar, depois de rabiscar cada frase num papel grosso, calculo que minha média é de uma página e meia por dia."

Minuciosamente decifradas por Monsenhor Daniel Pézeril, que foi o último confessor de Bernanos no hospital americano de Neuilly, os cadernos de escola nos quais foi redigido *Senhor Ouine* são um documento excepcional para compreender a gênese desse romance.[7]

Um caderno brasileiro, decorado com um escoteiro saudando a bandeira nacional com a divisa comtiana *Ordem e Progresso*, permite entrar de imediato na intimidade do esforço e ler por sobre o ombro de Bernanos em Pirapora. O romancista avança palavra por palavra, linha por linha, página por página, em suas trevas. Podemos vê-lo buscar, perseguir cada frase sem saber nada dela antecipadamente "guiado por uma espécie de instinto análogo ao da orientação dos pássaros".

Assim, nessa extraordinária passagem em que Bernanos, através de suas repetições, faz *ouvir* o que ele queria fazer *sentir*: "... era apenas

---

[7] *Cahiers de Monsieur Ouine*. Reunidos e apresentados por Daniel Pézeril. Paris, Seuil, 1991.

orifício. aspiração, corpo. era apenas orifício. aspiração. apenas orifício, aspiração, corpo e alma. apenas orifício, aspiração, corpo e alma. Era apenas orifício. Era apenas orifício e aspiração...". Se há na literatura dois tipos de escritores, os do estilo e os da voz, Bernanos pertence evidentemente a estes últimos. Entremos no ateliê do romancista. Em itálico, as passagens preservadas. O resto é o que ele eliminou. A pontuação é do editor. Ela traduz a força da palavra soprando sobre a nossa poeira.

"... *Ninguém me encherá mais daqui por diante*, suspirou séria. *observa o professor com seriedade*. Seria um trabalho enorme encher--me, e esse trabalho nem mesmo começou. Eis que no momento. *esse trabalho nem mesmo foi empreendido*. Tudo passou. A vida passou como uma peneira. Eu estou escancarado. Eu. Jovem homem, eu estou escancarado. sou apenas um orifício. apenas um orifício. Em vão. *Em vão* dilatei-me. abri-me. abri-me. abri-me. *abri-me, dilatei-me*. Eu não era, sou apenas orifício, aspiração, corpo e alma. eu era apenas orifício. aspiração, corpo. eu era apenas orifício, aspiração, corpo e alma. apenas orifício, aspiração, corpo e alma. Era apenas orifício. Era apenas orifício e aspiração. e me queria ainda escancarado, corpo e alma. apenas orifício, aspiração. corpo e alma eu era apenas orifício. *Era apenas orifício, aspiração, deglutição, corpo e alma, escancarado. Por todos os lados*. Mas cada esforço dobrava a minha aspiração. *Em meio a tantas* refeições *oferecidas*. alimentos. *Pastagens* q. enfiado. *Enfiado*. *Nas provisões como um boi*, com. com. *Com que cuidado eu me aplicava em discernir as mais ricas em seiva...*"

Nessa página concentram-se não apenas o sofrimento do escritor no trabalho, mas também a angústia de Georges Bernanos testemunha das loucuras de seu século... Orifício e aspiração, orifício e aspiração... A encantação envolve muito mais do que os fétidos movimentos da alma do Senhor Ouine. Ela está em contato direto com a História, ela manifesta o poder do buraco negro prestes a engolir a Europa. Orifício e aspiração, as camisas marrons e as bandeiras vermelhas, as execuções sumárias e os processos políticos. Orifício e aspiração, os campos de prisioneiros, a juventude doutrinada, as denúncias anônimas, os bilhetes de confissão, o culto ao chefe, os jornais vigiados, a eliminação dos traidores, os livros queimados. Orifício e aspiração, as crianças de uniforme, os ministros de botas, as fábricas de canhões, os obuses químicos, os laboratórios da morte. Orifício e aspiração, a Alemanha nazista, a Rússia soviética, a Itália fascista, a covardia dos democratas, os komsomols, as juventudes hitlerianas. Orifício e aspiração, a Europa tomada por uma vertigem niilista, deglutição, corpo e alma, escancarado por todos os lados.

6

Saudades do Bernanos

> Esse aí, não consegui amarrá-lo
> ao meu tanque.
>
> Charles de Gaulle

Na primavera de 1940, Bernanos põe um ponto-final em sua obra romanesca e nos sonhos de vaqueiro. Enviou o manuscrito de *Senhor Ouine* a seu editor no dia 10 de maio, dia da ofensiva alemã à França. A linha Maginot se mostra uma defesa medíocre, o escritor está arrasado. Virgílio de Mello Franco é a testemunha dessa tristeza. "Nossa linha forçada! Nossa nona armada destruída de uma vez! Nossa nona armada – rapazes da Touraine, do Berry, gente da Loire –, você não sabe o que é isso para mim!"

Nesse momento, Bernanos se aproxima das grandes cidades e de seus jornais. Com cinquenta e dois anos, quer reconectar-se com o jornalismo, grande paixão de sua juventude. A aventura do *Figaro*, que sonhou em transformar no "jornal de todos aqueles que estavam desgostosos com a República e ao mesmo tempo com esse velho ateu do Maurras", durou pouco. Contudo, ele não renuncia a ter a sua revanche. A generosidade dos jornais brasileiros o permitia. Em 21 de maio, um texto intitulado "Um antigo combatente se exprime sobre a ofensiva alemã" aparece em *O Diário*, apresentado nesses termos: "O escritor francês Georges Bernanos está novamente em Belo Horizonte, tendo por destino Pirapora, onde mora, e aonde retornará talvez em breve, para morar numa propriedade rural próxima a Belo Horizonte".

É seu primeiro artigo de guerra. Da derrota dos exércitos franceses na primavera de 1940 à capitulação do Reich na primavera de 1945, o ritmo de Bernanos diminuirá pouco. Mediante um acordo assinado com os *Diários Associados*, grupo de trinta e cinco publicações dirigido por Assis Chateaubriand, das quais *O Jornal* no Rio é a mais importante, redige dois artigos por semana. Acrescentam-se textos publicados nos jornais da França Livre, *La Marseillaise* em Londres, depois na Argélia, e as mensagens compostas para a BBC, imitando o general De Gaulle cujo apelo fora ouvido por Bernanos e os seus num salão do Palácio Hotel, na avenida Afonso Pena de Belo Horizonte.

Do dia 18 de junho de 1940 o escritor se lembrará com emoção num inflamado artigo publicado em *La Marseillaise* de Londres e *La France Nouvelle* de Buenos Aires em 1943:

> Dezoito de junho de 1940 é o dia em que um homem predestinado – quer você o queira escolher quer não, pouco importa!, a História o oferece – manteve, com uma palavra, com uma palavra que anulava a derrota, a França na Guerra. Franceses, esses que tentam fazê-los acreditar que esse dia e esse homem não pertencem a todos os franceses se enganam e os enganam. Juntem-se à História da França!

Alguns comentaristas se obstinaram a ignorar essa profissão de fé. Para sustentá-la, alguns duros comentários pareciam demonstrar que Bernanos nunca fora gaullista. Assim, em carta endereçada a Jules Henry, embaixador da França no Rio, de 31 de julho de 1940: "Não pertenço nem pertencerei a nenhum comitê de De Gaulle, por maior que seja a minha simpatia pelos bravos franceses que se reúnem em torno desse general. Primeiramente sou monarquista e, além disso, basta de militares assim!". Encontramos textos similares por meio dos quais seria fácil provar que ele não foi nem católico nem monarquista. Bernanos possuía fidelidades ásperas, rugosas, vigilantes. Católico, repreendia os prelados; monarquista, foi duro com o conde de Paris;

gaullista, recusou pertencer às organizações oficiais da França Livre, preocupado em falar apenas em nome próprio. Contudo, esteve próximo do general De Gaulle, "tendo desde o primeiro dia reconhecido e aclamado o soldado agora lendário sobre o qual cada francês digno desse nome pôs a sua esperança, a sua honra e a sua vingança".

Desde o mês de agosto de 1940, o boletim do comitê de De Gaulle de Buenos Aires retoma um artigo publicado anteriormente no *Correio da Manhã* do Rio. Em novembro de 1940 e janeiro de 1941, o escritor oferece dois textos aos comitês argentinos coordenados por Albert Guérin.

Antipétainista primitivo e visceral, Bernanos é um francês livre da primeira hora – o que nunca pôs em dúvida o general De Gaulle, nem historiadores autorizados como Jean-Louis Crémieux-Brilhac. Ele foi também, e sobretudo, o grande escritor da resistência externa, celebrando semana após semana "os filhos da rua lionesa ou parisiense" atacando o ocupante nazista.

> Vendo a polícia alemã, a polícia de Pétain, não tiveram de se perguntar se o marechal era ou não o grande cristão exaltado pelos cardeais servis; a questão não tinha para eles nenhum interesse. Foram a algum canto de seus porões desenterrar as granadas que haviam escondido no dia do armistício e, desde esse momento, "os bons jovens" teriam podido bradar em cânticos a Joana d'Arc ou a Péguy. Péguy ou Joana d'Arc teriam outra coisa a fazer do que escutá-los. Mas, quando a primeira granada revolucionária estourou no betume parisiense, sei perfeitamente o que Joana d'Arc deve ter dito a Péguy: "Péguy! Péguy! Eis nossos homens!".

ORA, FTP, MOI, FFI... Bernanos pouco se importava com filiações e siglas. O importante para ele era ter visto erguer-se uma nova cavalaria, uma cavalaria da honra alheia aos cálculos das elites burguesas. "A Resistência francesa é o fato misterioso, o fato sagrado do drama obscuro de meu país." Alguns verdadeiros resistentes contaram a importância das mensagens de Bernanos difundidas pela BBC, de seus artigos republicados em folhas clandestinas do *Témoignage Chrétien*, dos folhetos que retomavam seus ataques contra os "tartufos da pretensa Revolução nacional". Depois do retorno de Bernanos à França em 1945, os sobreviventes à direita pétainista puderam caçoar desse engajamento d'além-mar. Não puderam dizer, contudo, que ele não havia servido para nada.

"Desde o dia do armistício, vi-me ao lado do general De Gaulle", insistirá Bernanos em janeiro de 1945. Sua correspondência, mais até que seus artigos, dá provas desse engajamento imediato. Em dezembro de 1940, numa carta a Charles Ofaire, julga "bem suspeita essa obstinação do governo inglês não apenas de recusar reconhecer um governo *legal* da França Livre, mas de reconhecer oficialmente o de Pétain, contra o qual os Franceses Livres lutam". Na mesma época, entra em contato com Auguste Rendu, chefe do comitê da França Livre do Rio.

A comunidade francesa do Brasil é bem gaullista. No Rio de Janeiro, em São Paulo, Santos, Bahia, Belo Horizonte, Campos, Curitiba, Florianópolis, Fortaleza, Maceió, Natal, Pernambuco, Porto Alegre e Recife, comitês da França Livre se formaram desde o armistício. Amigos de Bernanos, como Costa Rêgo, redator-chefe do *Correio da Manhã*, militam para que sejam reconhecidos. Entretanto, até a entrada do Brasil na guerra, ao lado dos aliados, em agosto de 1942, o governo pende para o lado das forças do Eixo e da embaixada de Vichy. Oswaldo Aranha, antigo embaixador em Washington, pró-americano e irremovível ministro das Relações Exteriores a partir de 1938, não chega a influenciar a política de seu país. Próximo de Virgílio de Mello Franco, conheceu Bernanos, cujas campanhas na imprensa lhe são de grande socorro. Agradecido, ele oferecerá ao escritor um magnífico cavalo marrom que Bernanos chamará de Oswaldo depois de tê-lo batizado com grande pompa com vinho do Rio Grande do Sul.

Apesar de algumas amizades no seio do novo governo brasileiro, o comitê da França Livre do Rio é, a princípio, obrigado a agir clandestinamente. Seu boletim, chamado no início de *France libre – France combattante* depois da entrada do Brasil na guerra –, é objeto de uma atenção cuidadosa por parte das autoridades. Bernanos publica aí inúmeros artigos, para furor dos diplomatas de Vichy. Jules Henry, embaixador do posto da primavera de 1939 ao outono de 1940, nega intervir para calar o romancista. Bernanos permanece, contudo, convencido de que foi por sua intromissão que a censura brasileira suprimiu vários de seus artigos em julho de 1940. Com René Doynel de Saint-Quentin, nomeado em setembro de 1940, as coisas ficam mais claras. Depois de tentar fazer um acordo com Bernanos, torna-se seu adversário declarado. O romancista não lhe dá escolha. Num dia, reenvia-lhe um convite oficial que não aceitou abrir, marcado com uma nota vingativa: "Não recebo carta de traidores".

A partir de abril de 1941, Saint-Quentin exige uma cópia datilografada dos artigos de Bernanos que aparecerão na imprensa brasileira e os anota à mão antes de enviar deles um resumo à França. Parece que tentou apaziguar as coisas. Assim, dissuade a gente de Vichy de privar o escritor de sua nacionalidade, com um argumento cruel mas eficaz: "Seria falta de tato político pronunciar a sua sanção, daria repercussão a uma voz enfraquecida".

Até março de 1943, a embaixada do Rio multiplica, contudo, as intimidações e as humilhações com relação aos Franceses Livres, ameaça os professores partidários de De Gaulle, tenta apoderar-se da direção da Aliança Francesa, administrada por um ardente gaullista.

Tudo muda quando o Comitê Francês da Liberação Nacional estabelece na Argélia a copresidência do general Giraud e do general De Gaulle. Duas delegações coexistem no Rio. Os giraudistas são representados por Saint-Quentin, os gaullistas por Albert Leroux, em seguida por Jules Blondel, que se aliou a Londres em junho de 1942, escandalizado pela declaração de Pierre Laval, que afirmava desejar a vitória da Alemanha. Lembrando incessantemente "nunca ter participado das organizações oficiais da França Livre", Bernanos, esse gaullista de fora, não gosta muito dessa divisão dos poderes.

Em dezembro de 1942, ficou contente com o gesto de Fernand Bonnier de La Chapelle, carrasco do almirante Darlan. Ele encomendou uma missa ao heroico rapaz de dezessete anos que os generais de Vichy na Argélia condenaram à morte. Esse intrépido monarquista era de sua família. Bernanos guardou durante toda a sua vida um *memento* em seu missal.

– Eu estava com Bernanos quando soubemos do assassinato de Darlan pela rádio, disse-me Geraldo França de Lima. Ele bebeu um champanhe à saúde de Bonnier de La Chapelle.

O amigo de Barbacena, testemunha dos meses de grande aflição e grande sofrimento, marcou um encontro comigo na Academia Brasileira de Letras. "Todo mundo conhece esse lugar no Rio. É só pedir ao motorista do táxi." Nesse dia, o céu estava baixo, o pico do Pão de Açúcar mordido por uma grande nuvem cinza. Um táxi chamado na avenida Atlântica em Copacabana me levou, de fato, sem hesitação, ao Centro, região de negócios do Rio, onde fica a Academia Brasileira de Letras. Confesso minha alegria nesse instante: os países onde os motoristas de táxi sabem onde se reúnem os escritores não estão totalmente perdidos para a civilização.

Cercada por dois altos prédios, a Academia Brasileira de Letras é um edifício de pedra ocre, cópia do Petit Trianon de Versalhes oferecida pela França no momento da Exposição Universal de 1922. Para comemorar o centenário da Independência, a França do presidente Millerand honrou dignamente o Brasil do presidente Bernardes – chefe de Estado contestado num período conturbado. Assim, esse pedaço da arte clássica francesa subsiste no Rio dos negócios, prova de uma amizade que nao requer demonstrações.

No segundo andar, encontrei Geraldo França de Lima, em meio às velhas encadernações e aos móveis de madeira ricamente decorados da biblioteca. Cego, pediu ajuda a dois porteiros para me cumprimentar quando cheguei. À parte a cegueira, esse homem de oitenta e sete anos e cabelos grisalhos estava bem.

Com o vigor de seu aperto de mão, senti sua emoção. Ele trazia presa na parte interior de seu paletó uma roseta da Legião de Honra. Nos autores franceses, essa distinção me produz sempre o efeito da marca da coleira do mestre. Ela me comoveu nesse escritor brasileiro em quem adquire outro sentido.

– Se você soubesse a minha alegria de falar francês. É a minha língua materna. A França não é para mim uma segunda pátria. A não ser quando se trata de futebol, é meu país...

O acadêmico, que me presenteia com *Os Pássaros e Outras Histórias*, um de seus livros recentemente publicados, fez para mim uma cópia de duas dedicatórias de Bernanos. Ele as exibe como provas. A primeira, datada de 1940, ilustra *Os Grandes Cemitérios sob a Lua*: "A Gérald de Lima, em testemunho de gratidão ao nobre povo brasileiro que nesses dias de vergonha, enquanto meu país duvidava de si mesmo, tomou sem hesitar partido da honra francesa"; a segunda, na página de rosto de *Carta aos Ingleses*, data de 1942: "Para Gérald de Lima, que há trinta meses compartilha de forma tão fiel as angústias de meu país, que bem mereceu o título de cidadão francês – a naturalização pela dor, esperança e fé... Sim, nós beberemos juntos, em Paris, o champanhe da Vitória!".

Ele não precisa fornecer tantas justificativas para que o escute com piedade. Em Barbacena e no Rio de Janeiro, ele foi um dos testemunhos mais próximos do período brasileiro de Bernanos.

– Dividi a sua vida, as suas dores e os seus sofrimentos durante quatro longos anos. Escutei sua voz profética, assisti às suas explosões de raiva, compartilhei suas gargalhadas e sua alegria. Conheci-o a pé, a cavalo, instalado em sua mesa de trabalho no Café Colonial, na sua casa de Cruz das Almas ou no hall do Grande Hotel onde ele injuriava os bebedores de água de Vichy. Eu o ouço ainda... Conhecia seu nome desde 1934. Estudante do primeiro ano de Direito, eu tinha lido *Sob o Sol de Satã*, que me deixou uma impressão profunda. Mais tarde, houve a suave e profunda beleza do *Diário de um Pároco de Aldeia*, a violência de os *Grandes Cemitérios sob a Lua*. Em 1938, fiquei surpreso quando soube no jornal que ele tinha feito uma escala no Rio a caminho do Paraguai. Eu teria adorado encontrá-lo! Precisei esperar dois anos. Numa fria tarde de julho de 1940, enquanto eu lia o último número do *Mercure de France* num banco de um jardim público em Barbacena, um homem sentou-se do meu lado, grande, de costas largas, apoiado em duas bengalas. Quando ele viu a revista que eu lia, ouvi-o murmurar: "Oh! meu pobre *Mercure*... Minha pobre, minha França desgraçada..." Ele viu que eu o entendia e se apresentou. "Georges Bernanos." Jamais conseguirei exprimir a minha surpresa naquele momento...

Nunca, de minha parte, poderei dizer a emoção com que escutei Geraldo França de Lima evocar o cotidiano de Bernanos em Barbacena. O romancista chegou aí como noutros lugares decisivos de sua vida: livre na mão de Deus. Procurava uma propriedade rural, queria instalar-se na região de Belo Horizonte, capital de Minas Gerais, onde já fizera várias amizades. Foi ainda e sempre o fiel Virgílio de Mello Franco que lhe sugeriu sondar Barbacena, pequena cidade industrial de 40 mil habitantes, a 168 quilômetros de Belo Horizonte e 290 quilômetros do Rio.

Geraldo França de Lima se lembra do dia em que encontrou a casa que se tornou uma mitologia francesa para além-mar, quando o escritor deu o seu nome ao conjunto de seus artigos de guerra.

– Numa manhã, recebi uma ligação do senhor Bias Fortes, na época prefeito de Barbacena: ele queria me indicar a pequena fazenda de uma família que tinha se mudado para Juiz de Fora e queria vender a propriedade. Nós fomos até lá nada agradou a Bernanos... Apressávamo-nos já para voltar à cidade quando Bernanos perguntou o nome do lugar. "Cruz das Almas". Ele sorriu, seu rosto se iluminou, havia descoberto uma lenda nesse nome, um destino. Para surpresa de todos, rapidamente decidiu adquiri-la.

Em Barbacena, cidade de 115 mil habitantes, ruas largas e igrejas barrocas, compreendi essa alegria humilde e bela do povo *mineiro* de que tanto gostava Bernanos: "O povo daqui cresce como uma árvore, ou se compõe como um poema, por uma espécie de necessidade interior que o mundo moderno não entende, porque, precisamente, não tem necessidade interior".

Por recomendação de Jean-Loup Bernanos, reservei um quarto no hotel Senac Grogotó, no alto da colina de Cruz das Almas, a 1.200 metros de altitude, sobre uma parte do que constituiu a propriedade rural do escritor. Era tarde no momento de minha chegada, e o céu estava cheio de estrelas. Uma noite para uma menininha que quisesse contar até um milhão, diz o poeta. Acampei em terra bernanosiana, com *O Caminho de Cruz das Almas* perto de mim. "Do alto de minha pequena colina de Cruz das Almas, vejo claramente se desenhar através do mundo essa manobra insidiosa contra algumas formas superiores ainda subsistentes de uma civilização quase aniquilada, negada por uns, exaltada por outros, mas cujo desaparecimento cada um, em segredo, crê ser possível desejar, porque, não sendo mais compreendida senão por um número reduzido, ela se torna quase tão humilhante para seus inimigos declarados quanto para seus pretensos defensores."

No dia seguinte, eu tinha um encontro marcado com Nelly Sykora, antiga presidente da Aliança Francesa de Barbacena. Desde o primeiro momento, compreendi que essa pequena mulher de olhos negros era uma testemunha capital. Nascida no Egito nos anos 1910, mudou-se depois da guerra para o Brasil com seu marido, Gerhard Sykora, um austríaco que se tornou oficial do exército inglês depois de ter fugido de seu país, onde havia recusado prestar juramento a Hitler na escola de cadetes.

– Quando chegamos em Barbacena em 1948, nos instalamos em Cruz das Almas. A casa estava como Bernanos a deixou no momento de partir. Ele a havia vendido, abandonando os vestígios de sua passagem pelas Minas Gerais: móveis, manuscritos, livros, animais, flores, árvores, e mesmo Sebastião, o caseiro. Chegávamos à propriedade por uma alameda de eucaliptos plantados por Bernanos. No pátio, diante da porta principal, uma pequena plataforma cúbica havia sido construída para servir de apoio ao escritor quando montava sobre Oswaldo, seu puro-sangue inglês, cor de caramelo. Dois outros cavalos haviam sido deixados, uma égua branca e um cavalo de campo batizado de Cabrito, que Bernanos selava para ir fazer compras na cidade... Nelly Sykora se lembrava de ter sido feliz em Cruz das Almas, onde viveu sete anos. Ela trabalhou bastante para que a casa de Bernanos permanecesse um rastro vivo de sua passagem. Abandonada, usada como estábulo, Cruz das Almas foi restaurada uma primeira vez nos anos 1960 sob iniciativa da irmã do prefeito Simão Tamm Bias Fortes. Em 1968, foi inaugurado um "Museu Bernanos", em 1970, a "Casa de Bernanos no Brasil", na presença de testemunhas, amigos do escritor e vários de seus filhos.

Bernanos deixara Barbacena havia vinte e cinco anos. Sua lembrança permaneceu viva na colina de Cruz das Almas. Ela o estava ainda em 1988, ano do centenário de seu nascimento. Fiquei surpreso, vindo a Barbacena, ao descobrir que não havia desaparecido.

No Museu Municipal, nas salas que guardam a memória da Barbacena de antigamente e das dinastias mineiras, fotografias e livros cultivam sua memória. Numa vitrine onde estão expostos alguns objetos que pertenceram a Honório Armond, escritor local da mesma geração de Bernanos, descubro um exemplar francês de *Sob o Sol de Satã*, decorado com uma magnífica dedicatória: "A Honoré Armond, poeta brasileiro de língua e coração franceses, meu companheiro de sonho e de solidão em Barbacena, de seu velho admirador e amigo, G. Bernanos".

Honório Armond, cujo nome foi afrancesado pelo escritor, pertencia ao grupo que se reunia em torno de Bernanos no Café Colonial, número 20, rua XV de Novembro, em "Barbacène", como o escritor gostava de escrever, fiel ao velho costume do francês. Havia entre eles o doutor Goldino Abranches, Claude Brut, um engenheiro francês que residia há anos em Barbacena, Paulo da Rocha Lagoa, um médico com impressionante cultura científica, e Geraldo França de Lima. Um cenáculo cuja lembrança resiste através dos objetos – livros, monóculos, porta-penas – expostos no Museu Municipal.

Minas Gerais, essa Auvergne brasileira, foi celeiro de vários homens de Estado no Brasil. Entre eles, José Bonifácio de Andrade e Silva, primeiro-ministro de Pedro I e pai da Independência; ou Crispim Jacques Bias Fortes e seu filho José Francisco, cujas estátuas pude ver no Museu Municipal, que foram um após o outro governadores do Estado. Desde a noite dos tempos, as famílias Bonifácio e Bias Fortes disputam entre si o poder em Barbacena. Bernanos se divertia comparando-os com Montéquios e Capuletos.

É fácil entender do que o romancista tanto gostou em Minas Gerais, esse Estado do interior, livre das cores dos cartões postais de um Brasil para turistas: de certo sentido do clã, do instinto do tempo histórico, do gosto pela coisa pública: "Nós outros, franceses, nós precisamos de amor para compreender, e não amamos de fato senão o que colocamos, pelo hábito, ao alcance do nosso coração. Ora bem, quando morava em Vassouras, ou na distante Pirapora, parecia-me que começava a compreender e amar o seu país. No entanto, foi Barbacena que pôs o imenso país ao alcance e como à medida de minha razão e meu coração".

Nelly Sykora me leva até o lugar do Café Colonial. Vem-me à cabeça o desejo comovido do escritor, às vésperas de sua partida do Brasil. "Caros amigos, se um de vocês, por uma razão ou outra, passar um dia em Barbacena e quiser lembrar-se de mim, vão espiar esse café minúsculo, pensando que senti aí quase todas as formas de solidão."

Os proprietários sucessivos do estabelecimento cultivaram durante muito tempo a memória de Bernanos. Decorada com uma placa comemorativa, a mesa sobre a qual ele trabalhava foi, durante muito tempo, apresentada como uma relíquia. Hoje em dia, porém, o Café Colonial não existe mais, substituído por uma lanchonete ao lado de um cinema. A numerosa juventude de Barbacena vem se saciar com produções americanas. Essa colonização do gosto é antiga. Já em 1943, Bernanos lamentava a feiura das "residências das classes abastadas de Barbacena, construídas nesse lamentável espírito americano que Hollywood pôs na moda".

Nelly Sykora não conheceu Bernanos, mas tem muito a dizer sobre ele. O fato de ter vivido entre seus móveis permitiu que ela se familiarizasse com ele e carregou essa familizaridade de uma memória pela qual vela de maneira zelosa. Explica-me que ele vinha ao Café Colonial a cavalo, pouco incomodado com a fraca circulação. Alguns antigos moradores se lembram dessa época em Barbacena. Nelly conhece dois deles: Pedro Lobato de Campos e Altair José Savassi.

Pedro Lobato de Campos mora na rua XV de Novembro, a uns cem metros do antigo Café Colonial. Fisicamente, esse belo homem de bigodes e cabelos prateados tem algo do último Bernanos. Está encantado em receber-me, a um só tempo admirado e lisonjeado por meu interesse por ele.

– Georges Bernanos! – exclama ao sentar-se.

Seus olhos estão tomados pelas imagens de um anteontem esquecido. É a primeira vez que alguém vem lhe perguntar sobre o escritor. Ele me responde com precisão, teatral e brincalhão. No Liceu de Barbacena, era aluno de Geraldo França de Lima. Seu professor enviava através dele, frequentemente, mensagens a Bernanos. Foi assim que se tornou familiar ao escritor, que encontrava no Café Colonial.

– Ele chegava a galope, prendia seu cavalo numa argola fixa da calçada, antes de pôr-se à mesa. Um dia, uns amigos se divertiram provocando o animal. Lembro-me de tê-los contido. Bernanos, erguendo a cabeça de seu caderno, fez-me um sinal e pediu-me para levar o cavalo à garagem do Grande Hotel. Depois desse dia, tornou-se um hábito. Ao chegar, ele me dava Oswaldo. Eu era um dos raros a ter o direito de montá-lo. Quando Bernanos voltava, eu o ajudava a subir.

Esse testemunho me toca. A história de um rapazinho e de um grande escritor, um conto bernanosiano com um cavalo, cadernos de estudante, fidelidades elementares como dar a palavra.

— Bernanos quase não falava português, mas, nessa época, quase todo mundo sabia francês. Era a única língua que eu ouvia no Café Colonial quando ele estava lá com seus amigos. Comigo ele sabia muito bem se fazer entender com sinais.

É meio-dia em Barbacena e a hora passa cheia de amizade e lembranças. Pedro deixa Rosa Maria, sua mulher, falar. Ela evoca as crianças do escritor, seu filho Michel, que gostava de atravessar a cidade a galope, e sua filha Dominique, de charme lendário.

— Dominique! — Suspira Pedro Lobato de Campos.

Sua entonação me faz lembrar de Jacques Dejouy, voluntário da 2ª Divisão Blindada em 1944, contando-me de seus encontros com Bernanos na Tunísia. Encantado com o contato com os combatentes do exército Leclerc, o escritor os honrava como heróis de olhares sombrios que foram com raiva no peito, embora não vencidos, para escrever algumas belas páginas da história da França. Encontrava mesmo bastante força para ir com eles embrenhar a sua moto nas dunas.

Numa tarde, tinha convidado Jacques Dejouy e alguns de seus camaradas para vir tomar um aperitivo em sua casa. Um momento único com o qual alguns haviam sonhado sem ousar esperar por ele.

— O que dizer? Não tenho uma grande lembrança desse encontro. Lembro-me apenas que o *pastis* estava morno. De resto, eu só via Dominique. Não somos sérios com vinte anos e de uniforme. Em vez de aproveitar o convite para ir à casa de um grande escritor, ficamos de olho na filha dele.

As filhas de Bernanos não deixavam ninguém indiferente. Imagina-se o pavor dos indígenas diante dessas elegâncias francesas fazendo soprar um vento de liberdade nessas regiões de costumes conservadores. Bernard Marcel Crochet me contou que, quando perguntava aos antigos moradores de Pirapora que lembrança tinham da temporada de Bernanos, ouvia frequentemente: "Suas filhas!".

O escritor, que não tinha sido feliz no colégio, sonhava com uma educação livre e ousada para suas crianças. Quando chegou ao Rio, recusou a oferta de Jacques Boudet, que se propunha a fazer o possível para que elas pudessem ser matriculadas no liceu francês. "Todos davam a impressão de estarem entregues a si mesmos, confiados à Santa Providência do Senhor numa total liberdade de conduta."

Um aprendizado ao ar livre, cheio de viagens, de encontros. A máxima de Saint-Cyran[1] teria convindo a Bernanos: "Falar pouco, tolerar muito, e rezar ainda mais". A prática dessa utopia pedagógica, justificada por um abandono à graça de Deus mais audacioso do que o pregado pelas Escolas de Port-Royal, não foi tranquila. Os filhos de Bernanos nunca foram crianças como as outras, levadas de uma cidade à outra, à Espanha e ao Brasil ao lado do pai, acostumadas com disputas que não eram para a sua idade. Algumas visitas tiveram a oportunidade de perceber disso. Entre elas, Pedro Lobato de Campos.

– Quando eu ia a Cruz das Almas, ouvia sempre gritos e cavalgadas. Via Bernanos surgir na entrada, apoiado em suas bengalas, com um sorriso incomodado. Seus filhos estavam pondo a casa de cabeça para baixo.

Enquanto Pedro Lobato de Campos disserta, leio em seu rosto uma verdadeira alegria. Tomado por suas lembranças, ele fala por si mesmo. Nelly Sykora parou de traduzi-lo; eu tento compreender o seu português. Algumas palavras capturadas no ar me bastam.

– ... Saudades do Bernanos...

Eu teria podido inventar isso, não tive tempo. Capturei-a nos lábios de um velho brasileiro que nunca leu um livro de Bernanos, mas que fala dele de coração, sem tentar perpetuar a imagem do *grande escritor*, associando sua lembrança a sentimentos mais familiares da alma brasileira. *Saudades do Bernanos!* Essa palavra magnífica, essa palavra de poeta esperava por mim nos altos planaltos de Minas Gerais, a 10 mil quilômetros da França.

---

[1] Jean-Ambroise Duvergier de Hauranne (Bayonne, 1581 – Paris, 1643), conhecido por abade de Saint-Cyran e introdutor do jansenismo na França. (N. T)

Em Barbacena, seis décadas depois da partida do escritor, as *saudades do Bernanos* se obstinam no coração de alguns testemunhos inesperados. O tempo para eles não passou, e eles reservam ao viajante anedotas quase lendárias.

Altair José Savassi, que visito depois de despedir-me de Pedro Lobato de Campos, me conta algumas delas. Antigo secretário do prefeito Simão Tamm Bias Fortes, que se tornou posteriormente professor e historiador de Barbacena, ele encontrou Bernanos várias vezes. Deixo-o falar, sem retificar suas lembranças, algumas vezes imprecisas.

– Era uma personalidade impressionante. Creio que ele se feriu durante a Primeira Guerra Mundial e voltou com alguma deficiência física. O que não o impediu de permanecer espiritualmente bem ativo, independente e amante da liberdade. Bernanos dizia querer ser o terror dos abastados e a esperança dos oprimidos. Fui testemunha de suas longas conversas com Simão Tamm Bias Fortes. Depois de ter vivido em diferentes lugares do Brasil, ele gostava de nossa cidade. Amava o ar das montanhas e vivia como um dos nossos. Ele deixou rastros profundos naqueles que tiveram a sorte de conhecê-lo em Barbacena...

Do seu lado, sua mulher balança a cabeça enquanto ele fala, para confirmar o que diz. Ela também se lembra desse homem grande e forte, com olhos azuis magníficos, muito gentil mas capaz de formidáveis explosões de raiva durante as reuniões públicas. Lembra-se melhor ainda de Michel, segundo filho do escritor, dândi insolente, altivo e violento, que tinha o costume de atravessar a cidade a galope como se fosse um senhor feudal.

– Um dia em que estava bêbado, causou um escândalo ao entrar a cavalo no Café Colonial, esbarrando nas mesas e nas cadeiras. "É o filho de Bernanos", murmuram as pessoas na rua.

Meio século depois desse incidente, vejo passar o cavalo de Michel Bernanos nos olhos de Altair José Savassi e de sua esposa. Eles não se esqueceram dessa cena. Nem da temporada de Bernanos na cidade. É que este foi mais do que um viajante de passagem.

"Um *autêntico barbacenense francês*", confia-me Altair José Savassi na porta de sua casa, quando nos despedimos.

Só me resta retornar à casa de Bernanos, ainda acompanhado por Nelly Sykora. A colina sobre a qual sobe a rua Cruz das Almas não é mais a solidão de antigamente. Os quarenta e cinco hectares da propriedade de Bernanos foram divididos há muito tempo. Um bairro popular, com casas cercadas por mangueiras e laranjais, limita a fazenda que o escritor queria que fosse "alguma coisa que se parecesse com uma fazenda das nossas, que fosse depois de mim uma modesta lembrança da França ao Brasil". Ele teria ficado satisfeito. A fazenda que ele ampliou segundo o modelo de fazenda francês, com compridos prédios organizados em torno de um pátio quadrado, resiste aos anos. Pedindo-se a chave à prefeitura de Barbacena, pode-se visitar o museu que um semiabandono não impede de ser comovente.

O caminho de Cruz das Almas! É preciso ter tido vinte anos num tempo sem História para entender a emoção que pode suscitar o retorno a esse lugar onde ocorreu uma das maiores aventuras espirituais do século XX. Como se uma parte secreta dos sonhos franceses subsistisse em Barbacena, à sombra das altas torres brancas da igreja de Nossa Senhora da Piedade.

Nelly Sykora me explica para que servia cada cômodo, entusiasmada com a circunstância. A última vez que levou um escritor francês a Cruz das Almas foi André Rousseaux, em 1952.

— Apenas dois escritores vieram visitar esta casa depois da guerra, André Rousseaux e Albert Béguin, um e outro surpresos de me ver nela, pois os dois frequentavam a minha família no Egito. Estranhas circunstâncias que só a guerra explica!

Numa salinha depois da entrada está pendurada a bandeira tricolor com a cruz da Lorena que tremulava outrora no telhado de Cruz das Almas. À esquerda, a edição original de *Prece a Joana d'Arc* redigida por Bernanos, impressa em letras góticas, numa folha decorada em azul, branco e vermelho e pelo Comitê França Livre do Rio de Janeiro, em 8 de maio de 1941: "Joana... nós a chamamos solenemente, diante de Deus, contra os miseráveis que, para adiar a hora do castigo, oferecem em homenagem ao inimigo o nome e os mortos de Verdun, penhoram nossos estandartes, e pagam um preço muito alto pela Honra da Pátria!"

Sobre essa prece, uma fotografia inesperada, a de François Mitterrand, que fez um desvio até Cruz das Almas durante uma viagem oficial ao Brasil em outubro de 1985, e uma declaração solene de José Mendes de Vasconcellos, secretário da cultura de Barbacena no momento da visita do presidente francês a Minas Gerais. "Quando o senhor Mitterrand veio a Barbacena, senti o gênio latino chegar em nossa terra e me lembrei de Georges Bernanos, que amava Barbacena a ponto de dizer que encontrara a paz espiritual no caminho de Cruz das Almas."

Encantado com tanta grandiloquência, imagino a cena e penso nessa velha raposa vindo ver como havia sobrevivido a honra francesa no coração do Brasil enquanto vagava nas antessalas de Vichy. François Mitterrand, tão letrado e tão corruptor, lembra um personagem de Bernanos. Como o abade Cenabre, em *A Impostura*, traiu bastante, mas nunca se esqueceu do que traía. Vir a Barbacena era uma maneira de reconhecê-lo. Que presidente passará num outro momento por Cruz das Almas?

Tirando-me de meus sonhos, Nelly Sykora encosta suavemente em meu ombro e explica-me como nascem as lendas.

— Tudo foi bem rápido, você sabe. Será que o presidente Mitterrand percebeu que tocava o chão de uma terra histórica? Vítimas de um sol abrasador em outubro, a população francófona de Barbacena e os alunos dos colégios tinham vindo lhe desejar as boas-vindas, prontos para entoar a *Marselhesa*. O presidente não lhes lançou um olhar. Atrás de uma fileira de soldados coordenados por um impecável serviço de segurança, passou da porta de um avião à de um helicóptero, mal tocando o chão do aeroporto. Mais tarde, um secretário da cultura de Barbacena inventou essa história da visita ao museu.

Pena. Eu estava prestes a fazer desse episódio uma página de romance. Consolo-me descobrindo os outros prédios. A maior parte deles são antigas dependências agrícolas transformadas em quartos: estábulos, um pombal e até um chiqueiro. Bernanos construiu aí sua sala de jantar. No fim das refeições, tinha um enorme prazer em anunciar isso a seus convidados surpresos.

Um grande cômodo servia para as ocasiões mais importantes. Nele havia dois retratos: o do general De Gaulle e o do padre Bruckberger. Um soldado e um monge cuja imagem era decorada com flores todas as manhãs pela senhora Bernanos. Ao lado desse grande cômodo, uma grande chaminé; do outro, uma escada que desce até uma salinha abobadada onde Bernanos instalou seu quarto e seu escritório. A janela se abria antigamente ao verde oceano das colinas e à cidade familiar. Uma verdadeira célula monástica onde o escritor passou longas horas debruçado sobre seus cadernos de estudante. Sua mulher dormia no andar de cima, num cômodo igualmente minúsculo.

Com minha visita terminada, despedi-me da fazenda pegando no chão um pouco da terra vermelha. Essa relíquia de uma passagem comovida atravessará o Atlântico comigo. Como o pau-brasil, madeira de queimar que deu o seu nome ao país, essa terra do caminho de Cruz das Almas parece feita da matéria com que foram fabricados os primeiros homens.

Uma gleba que Bernanos amou, argila escolhida que recebeu seu suor e suas lágrimas. Ele queria ter tido seu último descanso aí. E foi para ele mais do que uma terra primeira.

Uma terra prometida.

7
O ENCONTRO COM STEFAN ZWEIG

NOSSA ÉPOCA SE VINGA TERRIVELMENTE DE
TODOS OS QUE NÃO SE ABAIXARAM A SEU NÍVEL.

Stefan Zweig

Fui à Academia Brasileira de Letras para entrevistar Geraldo França de Lima sobre a visita de Stefan Zweig a Barbacena. Ele aborda vários outros assuntos antes de chegar aí. Deixo-o falar, encantado com esse improvável momento de graça.

– Bernanos se interessava por tudo, desde os jogos de futebol entre os clubes locais de Barbacena, Vila do Carmo, Andaraí e Olympio, até o jogo complicado da política internacional. Dava frequentemente sua opinião, e em voz alta. Tinha um grande respeito, uma admiração sem limites por Oswaldo Aranha, nosso ministro das Relações Exteriores. Via-o como uma das maiores inteligências que jamais encontrara, um talento raríssimo, excepcionalmente profundo e brilhante. Havia também Raul Fernandes, antigo representante do Brasil na SDN de Genebra, que sucedeu a Oswaldo Aranha no governo após a guerra.[1] Ele foi o amigo fraterno, o amigo de toda intimidade, o amigo certo das horas dolorosas da vida privada, o amigo dos momentos duros e

---
[1] Oswaldo Aranha, por sua vez, tornou-se embaixador do Brasil na ONU. Durante um escrutínio decisivo, foi sua voz que permitiu o reconhecimento do Estado de Israel recém-criado.

indizíveis. Bernanos um dia me confessou que ele tinha um complexo de inferioridade quando o ouvia falar francês. E, além deles, havia Virgílio de Mello Franco, com sua sinceridade, sua disponibilidade, sua compreensão. "Não fique contrariado se Bernanos grita, se profere injúrias. É a prova de sua afeição", ele me explicara para me tranquilizar...

Depois de ter atravessado o Atlântico trazendo no peito uma raiva inexpiável contra as direitas, Bernanos não se juntou à esquerda radical ou socialista, e ainda menos aos "vermelhos", como os redatores de *L'Action Française* e de *Je Suis Partout* gostavam de dizer a seus leitores. Suas amizades com os personagens políticos brasileiros não deixam também de surpreender. Próximos da democracia cristã, como Amoroso Lima e Virgílio de Mello Franco, céticos, como Raul Fernandes, americanófilos, como Oswaldo Aranha, eles não se parecem com os homens que o propagandista do rei dos anos 1910 gostava de frequentar.

– Ele foi também muito ligado a Juscelino Kubitschek, o pai de Brasília, eleito Presidente da República após o suicídio de Vargas. Juscelino era muito francófilo, havia terminado os estudos de Medicina em Paris. Durante a guerra, foi prefeito de Belo Horizonte. Bernanos gostava de visitá-lo. Enquanto recusava convites do palácio presidencial do Rio, aceitava de bom grado os do Palácio da Liberdade de Minas Gerais, em Belo Horizonte.

Essas amizades na elite brasileira me admiram e me surpreendem. Bernanos devia ter dificuldade em se fazer compreender. Seu monarquismo parecia forçosamente anacrônico nessas Minas Gerais onde havia nascido a ideia republicana brasileira no final do século XVIII. Suas birras com os franco-maçons não eram necessariamente bem recebidas nesse Estado onde cada cidade possui sua loja.

Suas acusações contra os Estados Unidos, que suspeitava de duplicidade quanto ao general De Gaulle, não eram do gosto de seus amigos. "Senhor Bernanos, você se lembra de que somos americanos?", repetia-lhe Austregésilo de Athayde, colaborador de Assis Chateaubriand nos *Diários Associados*.

– Austregésilo era um jogador da vida. Ele nunca assumiu uma posição. E Assis Chateaubriand, como Getúlio Vargas, era habilidoso. Até a invasão da Rússia, ninguém no Brasil acreditava na vitória dos Aliados. Depois de o Brasil entrar na guerra, Austregésilo não queria mais ouvir Bernanos vociferar contra a América. Um jogador da vida, eu lhe digo. Ele foi um dos representantes do Brasil na ONU após a guerra e um dos redatores da *Declaração Universal dos Direitos do Homem*. Terminou como presidente da Academia Brasileira de Letras.

O retrato de Austregésilo de Athayde está pendurado na sala vizinha, espécie de sala de jantar, com móveis de estilo, bronzes sobre as cômodas, cristais nos bufês. Reconheço também o de Assis Chateaubriand, proprietário dos *Diários Associados*, que foi para o autor de *O Grande Medo* um chefe de redação mais estimado do que lhe fora François Coty.

A sede da Academia se parece com uma casa burguesa. Um pedaço do Brasil de antigamente, época em que o imperador se correspondia com Victor Hugo, Louis Pasteur, Alessandro Manzoni, e os escritores sonhavam com Paris. Durante minha longa entrevista com Geraldo França de Lima, vários de seus pares vêm nos cumprimentar. Senhores elegantes, vestidos de *tweed*, que falam um francês impecável. Um deles se apresenta como sobrinho de Virgílio de Mello Franco. Diz-me algumas palavras sobre Bernanos, que viu algumas vezes em Barbacena na casa de seu tio. Só possui vagas lembranças e confessa-se surpreso de saber que vim da França, sessenta anos depois, para recolher os últimos testemunhos.

– O interesse por Bernanos se foi, como se foi o interesse pela França. Depois da guerra, a França perdeu bastante de seu império intelectual e cultural no Brasil, você sabe.

Depois dele, veio Josué Montello, autor de *Os Tambores de São Luís*, um dos maiores escritores brasileiros. Sua obra é uma espécie de comédia humana situada em São Luís do Maranhão, cidade fundada por

7. O ENCONTRO COM STEFAN ZWEIG

Daniel de La Ravardière em 1612. Trocamos algumas palavras sobre *As Crianças Humilhadas*, que ele leu no passado. Há certa ironia em descobrir a lembrança de Bernanos neste lugar. Grande destruidor de academias e acadêmicos, o romancista lembrava satisfeito de seu desdém pelas vaidades oficiais. Assim, há essa extraordinária carta de janeiro de 1945 na qual lamenta ver seu amigo, o poeta Jorge de Lima, apresentar-se à Academia Brasileira de Letras: "Peço a Deus que o diabo atrapalhe a eleição, para que você não entre numa sociedade incompatível com sua inteligência e sua pureza. Essa opinião que tenho da Academia não diz respeito apenas à brasileira, mas a todas as academias do mundo. Um espírito de falsidade contaminador perverte as pessoas mais indefesas que entram nessas sociedades mais ridículas do que a maçonaria, porque são estúpidas e ineficazes. Sob o uniforme acadêmico cresce o mofo e a mundanidade apodrecida, e todos esses pequenos tartufos vivem da louvação oficial e de uma política literária que revolta o coração".

– E Stefan Zweig?
Obrigo, enfim, Geraldo França de Lima a abordar o meu assunto.
– Ele veio visitar Bernanos três ou quatro dias antes de sua morte. Não saberia lhe dizer exatamente quando, mas lembro-me de que menos de uma semana depois eu anunciava o seu suicídio a Bernanos. Zweig voltava de Belo Horizonte e ia a Petrópolis pela linha da Central do Brasil que passa em Barbacena. Fazia algum tempo que queria ver Bernanos. João Gomes Teixeira, que conhecia os dois homens, serviu de intermediário para esse encontro. "Stefan Zweig e sua mulher foram inicialmente à prefeitura e fui chamado para acompanhá-los até Cruz das Almas. Eu roía as unhas de medo dessa recepção, temia uma das explosões que eram frequentes em Bernanos... Confesso que nunca vira antes uma recepção tão carinhosa, uma acolhida tão comovida e fraterna. Zweig estava desfigurado, triste, abatido, sem esperança, cheio de pensamentos funestos. Bernanos o encorajava, falava-lhe

suavemente. Fomos jantar num pequeno restaurante próximo à casa de Bernanos. Éramos cinco. Bernanos, sua mulher, Zweig, Lotte e eu. Quando entramos no restaurante, vi Zweig chorar. Ele estava comovido com os pratos de carne postos à mesa..."

Em agosto de 1941, Stefan Zweig e sua segunda esposa, Charlotte Altmann, conhecida como Lotte, haviam chegado ao Brasil depois de uma curta temporada em Nova York. Fugindo da agitação do Rio, instalaram-se em Petrópolis numa bela casa branca alugada da esposa de um engenheiro britânico. Da varanda havia uma vista estupenda do vale, mas nem um nem outro aproveitavam-na.

Zweig tentava esquecer a sua dor com um trabalho árduo, retomando seu *Balzac* incessantemente abandonado, começando um estudo sobre Montaigne com o qual sonhava há tempos.

"Nós que vivemos com e nas ideias do passado, estamos perdidos; eu já preparei uma certa ampola", anotou em seu diário de 28 de maio de 1940.

No Brasil, aonde tinha vindo uma primeira vez em 1936, recebera uma acolhida extraordinária. Fazia anos que a América do Sul o atraía. Estava certo de encontrar aí uma civilização espiritualmente mais próxima da Europa do que no Norte. "Quantas vezes o rapaz que eu era sonhou em conhecer isso um dia!", havia exclamado ao chegar ao Rio, onde uma suíte suntuosa lhe havia sido reservada no Copacabana Palace. Pontuada por recepções oficiais, sessões de autógrafo e conferências triunfais, sua temporada tinha sido uma maravilha. Nesse momento, esse homem tomado por uma tristeza inútil havia concebido uma certeza, de que retornaria ao *Brasil, país do futuro*: "A Europa pode continuar a se destruir, ela permanecerá indestrutível no plano intelectual e cultural e verá florescer o que semeou nos séculos precedentes". O Brasil seria naturalmente a terra desse renascimento.

Antes de partir, Zweig havia sido convidado pela Academia Brasileira de Letras para pronunciar um discurso intitulado *Dank an Brasilien*,

"Obrigado ao Brasil", que seus ouvintes entusiasmados receberam como a promessa de uma possível próxima vez. "Que vitalidade, que dinamismo na história de vocês, e a natureza aqui é tão bela, extraordinariamente bela em sua diversidade inapreensível, comparável nisso com as mais esplêndidas paisagens deste mundo!"

Essa próxima vez veio em condições mais trágicas que o esperado. Em julho de 1940, Zweig deixa a Inglaterra para ir a Nova York com a intenção de retornar ao Brasil o mais depressa possível. Com a etapa americana durando mais do que o previsto, foi preciso esperar o fim do mês de agosto antes de alcançar o Rio. No Brasil, sua popularidade permanecera imensa. As pessoas se apertavam nas livrarias durante as sessões de autógrafo. No entanto, Zweig não tinha mais gosto por esses momentos. Faltava-lhe força para dar conferências e não tinha vontade de visitar o Brasil, onde mil curiosidades se ofereciam a ele. Um retorno à Europa não lhe estava também em vista. "O provisório parece tornar-se definitivo para mim", confessa ele. Só gostava da frequentação dos amigos escolhidos, às vezes os mesmos de Bernanos, como o admirável Afonso Arinos de Mello Franco. Quanto ao resto, pensava em sua vida, em suas fugas incessantes, de Viena a Londres, de Londres a Nova York, de Nova York ao Rio. "Sem lugar em nenhum lugar, estrangeiro em todos eles, hóspede, no limite, lá onde o destino me é menos hostil."

Com isso, ele se juntava aos sofrimentos do profeta Jeremias e à eterna provação de um povo com o qual sentia fazer corpo – mais próximo dos judeus miseráveis e humilhados da Galícia do que de uma elite vienense na qual não queria mais pensar.

"Não foi para vivermos em paz que fomos eleitos entre os povos; nossa tenda: a errância pelo mundo; nosso campo: o trabalho; e Deus, nossa única pátria nesta terra." Alguns meses antes, em sua pequena cabana de madeira de Vassouras, Bernanos clamava também ele sua pertença ao doloroso "povo da espera". Antes mesmo que os dois escritores tivessem adivinhado, ambos convergiam para um ponto de encontro secreto e eleito.

Para Zweig, obrigado pelos acontecimentos a aprofundar seus elos com Israel, como para Bernanos, que havia há muito subscrito as opiniões antissemitas de seu tempo, o único modo de responder à barbárie era tornarem-se eternos errantes, à distância de uma História que enlouquecera. As violências desse século fizeram deles dois príncipes de um reino disperso até os trópicos, portadores teimosos de livros santos, torás secretas de inúmeros Moisés.

Sete anos mais velho que Bernanos, Zweig não tinha mais forças para se adaptar a uma nova vida. "Nós somos velhos demais para nos habituar com novas línguas, novos países", escreveu ele à Friedrike, sua primeira mulher, de quem se aproximou no fim da vida. A facilidade com que Thomas Mann se aclimatara em Nova York não estava a seu alcance.

Não que lhe faltasse paixão por esse país onde havia encontrado refúgio. *Brasilien, Land der Zukunft, Brasil, País do Futuro*, publicado no Rio no outono de 1941, testemunha, ao contrário, um entusiasmo excessivo por esse país do qual os viajantes europeus, desde o século XVI, fizeram um espaço de utopia. "Como os homens conseguem viver em paz na terra a despeito das diferenças de raças, classes, cores, religiões e convicções?", pergunta-se o escritor, assombrado pela situação europeia, persuadido de ter descoberto uma resposta no Brasil.

A crítica brasileira acusa Zweig de ter inventado um Brasil da cor de seus sonhos, uma *Terra brasilis* parecida demais com a dos velhos viajantes, aventureiros e navegadores mais submetidos a seus desejos do que ao olhar. Como em Bernanos, os intelectuais brasileiros não compreendiam por que esse Europeu atento às ilusões do progresso dava tão pouca atenção à realidade moderna e às mudanças profundas da vida econômica e social do país. A criação de sistemas de aposentadoria, de políticas sociais e de uma regulamentação do trabalho das mulheres e das crianças era motivo de orgulho de todos, mesmo dos detratores de Getúlio Vargas, o presidente populista no comando do Estado após a revolução de outubro de 1930.

7. O ENCONTRO COM STEFAN ZWEIG

Desse Brasil, Zweig parecia nada ver, nem o melhor, nem o pior. Para ele, o Brasil era ainda a *Terra de Papagaios*. Como se o seu apetite de esperança o tivesse levado a ignorar o autoritarismo de Getúlio Vargas. Como se recusasse a ver a realidade para poder celebrar o Brasil eterno, "esse país que esbanja beleza e generosidade".

Apesar de certas semelhanças com o fascismo italiano, o Estado Novo inaugurado no Brasil em 1937 não tinha, é verdade, as características do totalitarismo no sentido de Hannah Arendt, que o associa à expressão do niilismo radical. Desde San Martín e Bolivar, o culto do chefe, essa tentação espanhola, havia-se disseminado pela América Latina. Contudo, o terror ideológico era estranho ao caudilhismo lusitano de Vargas, regime que pouco possuía de consistência doutrinal. Apoiado pelo povo trabalhador e pelo exército, o populismo anticapitalista do presidente brasileiro, espécie de empirismo cesariano, é pouco inteligível às categorias de ciências políticas das universidades europeias.

Daí, sem dúvida, o silêncio de Stefan Zweig. Do mesmo modo que se proibira qualquer declaração pública durante suas temporadas na Inglaterra e nos Estados Unidos, o autor do *Mundo de Ontem* evitou tanto as denúncias atrapalhadas quanto as celebrações cegas do regime brasileiro. Quanto a isso calou-se, como o fizera Bernanos – que estava ligado, contudo, a vários políticos opostos a Vargas. Num e noutro, pressente-se o medo de renunciar a certezas dificilmente reconquistadas. Não podiam celebrar o Brasil como terra do futuro, enaltecer as realizações de uma cultura humana e pacífica e se inquietar ao mesmo tempo com um totalitarismo capaz de copiar os piores regimes europeus.

No Brasil, Zweig tinha vindo buscar a mesma paz que Bernanos. Fugindo de uma Europa presa ao delírio racista, ambos fizeram a apologia da diversidade do povo brasileiro. É surpreendente a proximidade de tom entre *O Caminho de Cruz das Almas* e *Brasil, País do Futuro*. Uma mesma convicção sustenta os dois livros: para substituir uma civilização europeia à beira do abismo, uma nova civilização inicia-se no

Brasil, esse "país de crianças". Zweig e Bernanos são sensíveis à melancolia que serve de proteção à tentação da violência no Rio, Bahia, Belém e Manaus. Eles se associam à bonomia patriarcal da casa brasileira, à indolência herdada da alma indígena, aos costumes públicos de uma nação que não é nem extremista, nem revolucionária. O retrato que fazem do Brasil é todo de interioridade. "Não são jamais as formas exteriores do Estado que determinam o espírito e a atitude de um povo, mas, ao contrário, é sempre o temperamento inato de uma nação que deixa, em definitivo, sua marca na História", explica Zweig em termos que poderiam servir a Bernanos.

Início de 1942, Zweig e sua mulher fazem uma pausa em Barbacena. "Três ou quatro dias antes do suicídio", assegura Geraldo França de Lima. Quando Zweig chega a Cruz das Almas, sem dúvida escolhera o seu fim. Seu desânimo é extremo. Sua correspondência é testemunha de um homem que não encontrará mais saída.

Só o trabalho criador consegue distraí-lo. Em setembro de 1941, iniciou a redação de *O Jogador de Xadrez*, uma narrativa cuja clareza e concisão elevam-na ao estatuto de obra-prima. Em outubro, deu os últimos retoques em *Mundo de Ontem*, sua monumental autobiografia, na qual trabalhava havia longos meses. Paralelamente, recuperou o manuscrito de *Balzac*, por muito tempo retido na alfândega inglesa, e pôde, enfim, retomar sua grande obra. No mês de fevereiro, seus trabalhos terminaram. É quando vai a Barbacena.

Stefan Zweig na casa de Georges Bernanos! Tudo nesse encontro é extraordinário, a começar pelo contraste físico entre os dois homens. Zweig é franzino, frágil; com seus modos feudais e seus hábitos de cavaleiro, Bernanos permanece o dândi magnífico que era aos vinte anos. Tem bigodes de coronel dos hussardos, olhos azuis que reluzem; o outro, um bigode discreto.

Podemos imaginá-los se aproximando um do outro, admirados com esse encontro, antes de se abraçarem.

Bernanos só menciona esse episódio num artigo consagrado ao suicídio do escritor austríaco que publicou em *O Jornal*, em 6 de março. Fala, contudo, da amizade, e podemos pensar que essa palavra para ele traz um sentido.

"Talvez espere ele de nossa amizade esse último serviço: falar em seu nome aos infelizes tentados também pelo desespero, que, na hora em que escrevo estas linhas, levados pelo exemplo, estão prestes a se abandonar, a se renunciar, como ele mesmo o fez."

Zweig, por sua vez, faz alusão ao modo de vida de Bernanos, constatando que ele se contenta com pouco para permanecer livre, numa carta a Roger Martin du Gard datada dos últimos dias.

– Foi um encontro melancólico. Zweig estava quase mudo. Só Bernanos falava, muito atencioso. Queria que Zweig passasse alguns dias em sua propriedade. Convidou-o a acompanhá-lo num protesto ao mundo contra as atrocidades que Hitler praticava contra os judeus. Bernanos havia lido *Vinte e Quatro Horas na Vida de uma Mulher*. Falou elogiosamente desse livro. Zweig, por sua vez, gostava bastante do *Diário de um Pároco de Aldeia* e de *A Alegria*. No entanto, mal tinha força de evocá-los. Seu rosto estava descorado.

Esse cara a cara entre o escritor judeu e o duelista católico escandaliza aqueles que não querem ver o esforço de compreensão espiritual do mistério de Israel realizado por Bernanos durante esses anos de provação. Vendo chegar Zweig, com a alma destruída mas tão bela e tão nobre na aflição, Bernanos compreende o que exprimiu um dia Zeev Jabotinsky: "Cada judeu é um príncipe". Deixando os preconceitos antissemitas de sua juventude, esclarecido por sua experiência do exílio, abre-se ao doloroso segredo de um povo cuja ambição é simplesmente perdurar no centro de uma História que enlouqueceu. O escritor o exprimirá belamente num texto intitulado *A honra é o que nos reúne*, homenagem ao herói do gueto de Varsóvia, redigido no momento em que o povo mártir encontrava sua vocação com a terra dando um sentido a seu destino.

"A maior desgraça de Israel não é ter sido constantemente odiado: é ter sido, além disso, constantemente ignorado e ter sido ignorado por se ignorar a si mesmo."

O encontro entre Georges Bernanos e Stefan Zweig, como o de Gustave Thibon e Simone Weil, de Pierre Boutang e George Steiner, é um momento de alta intensidade espiritual como pouco se vê a cada século. Nem acredito que uma testemunha possa me falar disso como se fosse ontem.

– Lembro-me de um momento bem cordial e bem silencioso. Stefan Zweig e sua esposa chegaram a Cruz das Almas lá pelas quatro horas, pegaram o trem de volta às onze. Depois da refeição, Bernanos quis absolutamente acompanhá-los até a estação. Zweig e ele falaram ainda um pouco na plataforma. O trem chegou e Zweig partiu. Não esquecerei jamais o que Bernanos me disse nesse instante, ainda ressoa em meu ouvido: "Ele está morrendo". Alguns dias mais tarde, vim anunciar a Bernanos o suicídio de Zweig. Ele estava de pé no pátio de Cruz das Almas, apoiado em suas bengalas. Vi-o chorar. Profundamente impressionado com a morte de Stefan Zweig, que havia tentado reconfortar, sentiu-se derrotado.

Esse estupor e esse sofrimento explicam a severidade do artigo de Bernanos, que não é uma necrologia do autor de *O Mundo de Ontem*, mas um protesto contra certas apologias do suicídio que surgiram na imprensa brasileira. De um lado e de outro do Atlântico, inúmeros leitores e amigos de Stefan Zweig dividiram essa indignação. Bernanos não pode evidentemente aceitar a antiga ideia de Montaigne segundo a qual "a mais voluntária morte é a mais bela". Essa recusa é tanto mais forte pelo fato de sua obra ser uma imensa meditação sobre a morte voluntária e todos os seus romances, desde *Sob o Sol de Satã* até o *Senhor Ouine*, estarem repletos de suicidas. Para Bernanos, o suicídio não é nem cristão, nem francês. Em circunstâncias desesperadoras, Luís XVI nem Napoleão se mataram. "Creio estar no direito de dizer que, se diante do túmulo do ilustre escritor sinto

7. O ENCONTRO COM STEFAN ZWEIG

profundamente a extensão de nossa perda, recuso-me a relacionar com esse luto, sem as reservas necessárias, a causa que me esforço para servir e a tradição de meu país." Nesse contexto de luta mortal contra um niilismo radical, ele não é o único. Inúmeros contemporâneos acusaram o escritor por ter posto em dúvida a vitória final da humanidade. Entre os próximos de Stefan Zweig, Robert Neumann e Thomas Mann foram os mais severos. "Não tinha ele consciência de um dever a cumprir diante de seus companheiros de infortúnio de todo o mundo, para os quais o pão do exílio é muito mais duro do que para ele, adulado e livre de toda preocupação material?", perguntou-se o autor de *A Montanha Mágica*.

No dia seguinte de meu encontro com Geraldo França de Lima, quis ver o túmulo de Lotte e Stefan Zweig em Petrópolis. Tive dificuldade para localizá-lo. Nenhum guia evoca a lembrança do escritor austríaco e perguntei várias vezes o caminho em Petrópolis antes de conseguir chegar ao cemitério, atrás da catedral São Pedro de Alcântara, uma grande basílica de muros cinza que permanece inacabada desde a queda do Império.

Eram seis da tarde, a noite havia caído como um golpe de machado. A sensação é lúgubre. No cemitério que permanece aberto, não há a menor iluminação.

Pedi informação sobre o caminho ao porteiro, um mulato cujos dentes e olhos brilhavam na escuridão.

– Stefan? Mas eu conheço bem Stefan! É um pintor, não? Seu túmulo está lá em cima, atrás do muro.

Apesar da confusão, ele parecia ter entendido o objeto de minha busca. Avancei cinquenta metros pelas alamedas do cemitério situado no alto da colina.

Chegando ao lugar que o porteiro havia designado, debruço-me sobre os túmulos para ler as inscrições no escuro... Clara Geraldo... Constance de Campos... Joaquim Ferreira... Não parecia o que eu procurava. Todos esses túmulos possuíam uma cruz. Parecia-me pouco provável que Stefan Zweig gozasse aqui da paz perpétua.

– Mas não! Aqui não, do outro lado!

O porteiro tinha voltado, indicando o outro lado do cemitério para além de uma pequena estrada. Eu o segui.

– Você está procurando Stefan? Conheço-o bem. Sempre me perguntam sobre o túmulo dele. Alemães...

Enfim, alcancei uma pedra tumular de mármore negro.

– É aqui, olhe! Stefan! Ele está aí. Está escrito numa língua estrangeira.

Essa língua estrangeira que intrigava o devotado porteiro do cemitério de Petrópolis eram versículos em hebreu, gravados na pedra, debaixo dos nomes alemães do casal suicida.

Detive-me alguns instantes, pedindo ao Deus de Abraão, de Isaac e de Jacó para acolher a alma de Stefan Zweig e a de Lotte na luz que haviam perdido aqui embaixo.

Vieram-me à cabeça as palavras do Salmo, como se fosse uma prece recitada numa língua esquecida: "Eu era pacífico com aqueles que odiavam a paz. Quando lhes falava, eles me atacavam sem motivo".

E há essa carta de Bernanos ao editor Charles Ofaire, no dia seguinte ao gesto desesperado: "Pobres diabos! Espero que estejam sendo levados agora aos verdes campos".

8

O MONGE E O PROFETA

> OS PROFETAS SÃO OS QUE DIVIDEM OS REINOS E
> OS QUE OS REPARTEM: ELES OS DIVIDEM PRIMEIRO,
> PROFETIZANDO, E DEPOIS DEUS EXECUTANDO.
>
> Padre Antônio Vieira, *História do Futuro*

"Bernanos me surgiu como cavaleiro destemido e irrepreensível, como um antigo cruzado, viril em seu ímpeto e acreditando na alma que, com uma esperança enevoada de dúvidas e de dúvidas atravessadas por clarões de esperança, cavalga contra a morte e contra o diabo." Essa era a imagem que Dom Paul Gordan, beneditino alemão que veio a Cruz das Almas em 1943, havia conservado de Bernanos. Obrigado a fugir da Europa em virtude de suas origens judaicas, também encontrara no Brasil uma segunda pátria. Seu livro, publicado na Áustria com o título *Freundschaft mit Bernanos*[1] em 1983, lança uma luz única sobre o escritor. Da religião de Bernanos, o beneditino dá uma definição bela como um vitral de catedral. "Sua fé não se baseava nem numa lógica nem num sistema: era impulso e síntese. Era força criadora, impulsão vital, mandamento do amor."

O título do livro de Paul Gordan não invoca a amizade de ambos à toa. Expulso de seu país com a chegada ao poder dos nazistas, nutrido

---

[1] Editado na frança como *Mon Vieil Ami Bernanos* [Meu Velho Amigo Bernanos]. Paris, Cerf, 2002.

por outras fontes espirituais que as do escritor, esse monge se aproxima de Bernanos desde o primeiro encontro.

Homem de prece e de paz, respeita o humor e a tradição do escritor, não se assustando nem com o seu anticlericalismo, essa "voz de um amor ferido", à qual retorna várias vezes, nem com sua ira contra os imbecis – esses seres condenados a caminhar, *in-baculum*, sem bengalas, ao contrário do escritor deficiente com sua perna quebrada.

Tudo começa em 1943, no coração do verão austral. Como em vários outros dias, Bernanos retorna da cidade na garupa de seu cavalo. Vestido com culotes para andar a cavalo e um blusão, calçado com longas botas e com um chapéu de abas largas, tem o jeito de um caubói católico que não surpreende seu visitante, admirador de um homem a quem vê como o "Dostoiévski francês". Temendo que o primeiro contato fosse difícil, Dom Gordan está acompanhado de um conhecido de Bernanos. "Quer sua residência fosse um lugar de sonho quer fosse a casa de um leão, uma coisa estava certa: não se podia aproximar-se dela facilmente." À primeira vista, Dom Gordan compreende que esse rumor, frequentemente difundido entre Belo Horizonte e Rio de Janeiro, não se fundava em nada, senão numa malícia. "Ele nos abraçou com um transbordamento de palavras e nos levou até a entrada sem deixar de falar, de gesticular, fazendo perguntas, mas sem nunca esperar respostas. Só conhecia um pouco seus hóspedes, mas o coração estava aberto como sua casa."

Nessa data, fazia dois anos e meio que o autor de *Sob o Sol de Satã* havia se instalado em Minas Gerais. Sem poder estabelecer no trópico a paróquia com que sonhara, conseguiu dar à sua fazenda a aparência de uma fazenda francesa encravada em terra brasileira.

Essa maneira de reinventar a França fora de suas fronteiras, mais conforme a seu ideal e a seus desejos do que à pátria horticultora do marechal Pétain ou à "França só" de Charles Maurras, seduz imediatamente Dom Gordan, que se tornará não apenas o único amigo de

Bernanos, mas também seu confessor. Um auxílio espiritual bem-vindo para o escritor que mantém relações tempestuosas com a Igreja brasileira – um bispo o chamou publicamente de bêbado. O clero local, em parte composto por italianos, espanhóis e portugueses, não digeriu as acusações de *Os Grandes Cemitérios sob a Lua* contra a cruzada franquista. Bernanos não deixa de ter problemas com a hierarquia católica durante sua temporada no Brasil. Em março de 1941, o embaixador Saint-Quentin relata-as num comunicado dirigido a Vichy: "O Núncio apostólico, o monsenhor Masella, se mostrou profundamente chocado com as diatribes de Bernanos". Nessa época, o escritor é alvo de alguns jornais católicos, como *A União,* no Rio, e *A Nação,* em Porto Alegre. Felizmente havia beneditinos no Rio, os padres lazaristas de Petrópolis e o admirável padre Gomes, pároco de Barbacena.

Extraordinário e inesperado, o encontro entre Bernanos e Dom Gordan permite sublinhar o papel que desempenharam os monges no destino do escritor. O católico anticlerical Bernanos, testemunho da crise modernista, insurgido contra as renúncias do alto clero reunido, revoltado com a secularização do sacerdócio, sempre se sentiu à vontade na presença dos membros das ordens regulares.

Na juventude, teve o beneditino Dom Besse; nos anos 1930, um dominicano, o padre Bruckberger, que lhe fora apresentado por Jacques Maritain; Dom Gordan os segue no momento em que o escritor menos espera. Para Bernanos, não havia dúvida de que era preciso ver aí o dedo de Deus – uma imagem imposta pelo *Dedo de Deus*, um pico rochoso próximo de Teresópolis, que se vê do alto do Pão de Açúcar em dias de tempo claro no Rio. Numa dedicatória do *Diário de um Pároco de Aldeia* datada de 31 de dezembro de 1944, ele dirá novamente a Dom Gordan: "Faz vinte e quatro anos que Dom Besse morreu, e foi através de você que São Bento aceitou retornar à minha vida. Pois eu não o procurei nem o encontrei por mim mesmo, graças a Deus – você me foi enviado a essa querida casa de Cruz das Almas que eu já tanto amava sem saber..."

O monge que surge em Cruz das Almas em janeiro de 1943 não é, contudo, do mesmo temperamento de Dom Jean Antoine Martial Besse, amigo e diretor de consciência de Bernanos de 1910 a 1920, testemunha de sua união com Jehanne Talbert d'Arc em 1917. Nascido em 1861 e morto em 1920, ingresso como noviço em Solesmes, em seguida nomeado mestre dos noviços da abadia de Saint-Martin-de-Ligugé, uma comunidade de Poitiers conhecida por Rabelais e Claudel, Dom Besse toca os espíritos por sua franqueza e bom humor.

Um verdadeiro monge da Idade Média, capaz de edificar catedrais e erguer a espada pela glória de Deus. "Balzac o teria capturado, Huysmans não teria forças para pintar um personagem como ele", contou o abade Brémond. Antes de ligar-se a Bernanos, Dom Besse o fora a Huysmans, com quem sonhou em fazer renascer a arte sacra reunindo em torno de si artistas na abadia de Saint-Wandrille. Em 14 de maio de 1907, estava presente no funeral do escritor celebrado na igreja Notre-Dame-des-Champs, como conta o abade Munier, testemunha-chave desses anos, que demonstra pouca afeição por Dom Besse em seu *Diário*.

Na primeira fileira das disputas de seu tempo após a expulsão dos monges de Ligugé e de Saint-Wandrille em direção à Bélgica em 1901, Dom Besse foi um dos colegas de Charles Maurras no seio da jovem Ação Francesa. No Instituto da Ação Francesa, contrauniversidade fundada para combater "o espírito da nova Sorbonne", ocupou a cátedra de política cristã, batizada de "cátedra do *Syllabus*". Foi provavelmente nesse contexto que Bernanos, com vinte e dois anos, engajado apaixonadamente nas fileiras dos propagandistas do rei, o conheceu. O jovem ficou encantado com a síntese operada por Dom Besse entre o neomonarquismo e o espírito da Cristandade. "Sua indulgência com relação aos métodos dos associados e sua simpatia por Maurras não implicam nem complacência nem adesão. Se permanece visceralmente monarquista, Dom Besse nunca foi nacionalista. Aí reside a admiração que lhe dirige Bernanos."[2]

Esses detalhes são capitais. Ainda uma vez, eles permitem compreender que antes de sua ruptura de 1919, a que se seguiu a de 1932, definitiva, o autor de *A Alegria* mantinha relações singulares com o pensamento maurrasiano. Enquanto católico, confiava-se de bom grado mais à autoridade de um monge do que à de um mestre agnóstico. Em 1926, durante a disputa que se seguiu à inscrição da *Ação Francesa* no índex por Roma, o escritor insistiu nesse ponto: "Quantos de nós foram levados à Ação Francesa, ou confirmaram no essencial sua doutrina, por padres e mestres veneráveis – um Clérissac para Maritain, para mim, um Besse...".

No momento de seu encontro com Dom Gordan em Cruz das Almas, Bernanos evocou espontaneamente esse passado que nunca deixou de contar para ele, mesmo quando lhe deixara na boca um gosto de cinzas. O escritor tem uma ideia elevada demais da solidariedade espiritual para esquecer-se de seus amigos perdidos. É o segredo de um coração simples. Os que ele dobra mais violentamente são também aqueles pelos quais reza com mais fervor. Assim, essa frase surpreendente, pronunciada entre dois suspiros, durante sua agonia: "Pétain, Laval, eu os abençoo".

Com Dom Gordan, um monge de origem judaica sucede então a um monge que se sacrificara a alguns grosseiros preconceitos antissemitas. Livre na mão de Deus, Bernanos aceita humildemente esse paradoxo. *Deus escreve certo por linhas tortas*, diz um velho provérbio lusitano. Feito de certezas, o escritor não vê nenhum encontro nem nenhum acontecimento como uma renegação. Antes, porém, como um aprofundamento, no sentido como o entendia seu mestre Péguy: "Não se trata de uma evolução, como se diz de forma um pouco estúpida,

---

[2] Jacques Prévotat, *Les Catholiques et l'Action Française*. Paris, Fayard, 2001.

empregando irrefletidamente, através de um abuso ele mesmo incessante, uma dessas palavras da linguagem moderna que se tornou mais vaga, é um aprofundamento".

Dom Gordan ficará para sempre comovido com o carinho que lhe manifesta Bernanos, comovido com o seu riso doce e terno de criança. Houve entre eles várias conversas noturnas, na hora em que só a amizade pode restabelecer os corações. Monólogos de Bernanos, que opunha a vocação da França à da Alemanha. Risos, votos, preces. Considerações sobre a sorte reservada à honra no mundo moderno. Houve encontros, passeios a cavalo, confidências do escritor sob um céu repleto de estrelas: "O que resta a fazer agora? O que resta, quando tudo está feito? Ninguém pode dizer que não terei dado testemunho. Pois o único testemunho verdadeiro está nas mãos de Deus".

Nada destinava, no entanto, Dom Gordan a tornar-se amigo de tal homem. A estrada tinha sido longa, antes de concluir-se nos planaltos de Minas Gerais. Durante sua visita a Cruz das Almas, o beneditino certamente teve a oportunidade de evocar com Bernanos as etapas de um itinerário agitado. Nascido em 1912 numa família de judeus liberais, Günther Heinrich Jacob Gordan era o segundo filho de um conselheiro jurídico de Berlim. Conforme a tradição familiar, estudou Direito na Universidade de Berlim. Depois de uma curta temporada em Genebra, instala-se em Paris para aperfeiçoar seu francês. Foi na França que esse rapaz, formado fora de toda educação religiosa, foi tocado pela graça e levado ao caminho do batismo, que recebeu em Roma, aos dezenove anos. Retornando a Berlim para concluir seus estudos, sentiu-se chamado à ordenação e realizou estudos de Teologia no seminário de Breslau, capital da Baixa Silésia, que se tornou polonesa depois de 1945.

A chegada dos nazistas ao poder em 1933 submeteu-o a uma primeira proscrição. Pelo fato de sua origem judaica impedi-lo de tornar-se confessor, pediu a sua admissão no seminário beneditino de Beuron, uma abadia próxima ao lago de Constance fundada em 1873 e renomada por seus trabalhos de liturgia e arte sacra. Admitido como noviço em 1934, fez seus votos dois anos mais tarde, depois de ter assumido o nome do apóstolo Paulo. Contudo, as perseguições antissemitas se intensificavam na Alemanha, e Paul Gordan, surpreendido pelo delito da raça, não teve tempo para passar dias tranquilos no claustro de Beuron.

Obrigado a fugir de sua pátria em novembro de 1938, no dia seguinte à Noite de Cristal, refugiou-se na Itália no monastério de Monte Cassino. Beneficiou-se aí de uma autorização para receber as ordens sacras antes da hora e foi ordenado padre em janeiro de 1939. Pressentindo novos perigos, Dom Gordan se pôs sob a autoridade da Congregação Beneditina do Brasil, atravessou o Atlântico e se estabeleceu no Mosteiro de São Bento, lugar de silêncio e de paz situado no Rio de Janeiro desde o fim do século XVI.

Nessa casa fundada pelos monges portugueses vindos da Bahia, Paul Gordan permaneceu até 1948. Ele convidará frequentemente Bernanos, esperando recebê-lo alguns dias na primavera de 1944, quando redobrarão as crises de angústia do escritor. "Mal conseguiu aguentar algumas horas. Sentia-se como que prisioneiro. O silêncio, a solidão, a solene dignidade do claustro, tudo causava quase um sofrimento físico." Um testemunho que coincide com o de Michel Alexandre Ahougi, outro fiel amigo de seus últimos meses como escritor no Rio. "Quando fui pela última vez visitá-lo no Pax Hotel, ele me disse que só conseguia recobrar a tranquilidade no ambiente do mosteiro; mas não conseguia ficar lá muito tempo. Depois dos momentos de prece, sua angústia ressurgia."

No Mosteiro de São Bento, Bernanos contou, no entanto, com vários amigos. Em suas cartas endereçadas a Paul Gordan depois de sua partida do Brasil em junho de 1945, falará deles com carinho; o padre abade, Tomas Keller, o "amigo padre alemão em hábito beneditino" que lhe sugeriu retornar à França, o padre Basile, o padre Ignace, "jovens padres queridos" que ele associa a todos os presentes à "grande missa dominical" onde o canto gregoriano restaurado por Dom Guéranger se misturava com os costumes litúrgicos brasileiros.

Se Bernanos nunca foi um frequentador das abadias beneditinas como Huysmans, Claudel e Simone Weil, adorava a beleza desses ofícios. "Ai de mim! Só preciso fechar os olhos para rever a doce capela, e meu lugar à direta, próximo a uma coluna, naturalmente, e também não longe de uma alameda lateral, para ir embora caso a cerimônia fosse longa demais", confidenciará à sua irmã em 1946.

Dom Gordan relata que Bernanos manifestava uma espiritualidade bem intuitiva, estranha às especulações intelectuais e às atenções estéticas. Uma piedade bem portuguesa, em suma, simples e bela como a fé do carvoeiro, enraizada nas lições recebidas do catecismo. O exato oposto da religião do Huysmans de *Na Estrada*. Os arabescos e as estátuas coloridas da igreja de Barbacena lhe pareciam pouco propícios à devoção, e o barroco brasileiro, sublime em Minas Gerais, nunca contou com o seu favor. Jesuíta demais!

"Ele tendia a considerar o movimento litúrgico como uma espécie de esnobismo", explica seu amigo. Além disso, via o neotomismo de Maritain e a arte sublime de Claudel como afetações de homens de letras. "Esses convalescentes estavam para ele impregnados demais pelo cheiro do quarto do doente."

Podia-se pressenti-lo com a leitura de seus romances: longe das obsessões do Durtal de Huysmans, que vai esconder seu mal-viver nas abadias, longe dos círculos refinados onde Claudel era celebrado, os abades Donissan, Menou-Segrais e Chevance, os párocos de Ambricourt, de Torcy e de Fenouille asseguram o cotidiano da Igreja universal em paróquias simples. Esse cotidiano não é o das liturgias depuradas ao proveito dos estetas, mas o mistério do Amor ininterruptamente renovado pela prece de Jesus no altar e pelo sacramento da confissão durante a qual o padre oficia *persona Christi*.

Esse cristianismo bem francês, centrado na Segunda Pessoa da Trindade, pôs o escritor em situação de acusado desde *Sob o Sol de Satã*, qualificado de "jansenista" pelos abades democratas.

"Eu, Georges Bernanos, já enforcado em Port-Royal", teria podido responder o escritor. O que não teria impedido seus herdeiros de perseverar depois do Vaticano II, condenando Bernanos ao lixo da História. Testemunham essa acusação inusitada os padres Patrick Jacquemont, Jean-Pierre Jossua e Bernard Quelquejeu:[3] "Bernanos tem [...], em contraste com uma plena responsabilidade de laico reivindicada e exercida na Igreja, esse sentido sagrado da instituição eclesiástica, essa confiança infundada concedida aos 'meios sobrenaturais', essa concepção dos sacramentos que me parece bem próxima da magia, essa ideia de um 'padre católico', de suas funções sagradas, dos 'poderes' que lhe confere sua ordenação – que são a expressão de uma eclesiologia da qual conhecemos bem os maus resultados e contra a qual nos batemos há anos".

Na contramão desses delírios inquisitoriais, admira-se o esforço de compreensão de Dom Gordan. Ele soube compartilhar da fé de Bernanos sem renunciar a suas afeições espirituais. Depois de seu retorno à Europa em 1948, ano da morte do escritor, Dom Gordan realizou inúmeras ações em favor dos refugiados e foi nomeado secretário da confederação dos Beneditinos durante o Concílio Vaticano II. Uma vocação de sacrifício e de serviço que se prolongou durante uma última missão em Salzburg, em seguida, após seu retorno ao mosteiro de Beuron, onde faleceu cercado por seus irmãos no dia 1º de janeiro de 1999, após suportar corajosamente as dores de sua agonia.

"Uma vida de monge pouco comum e intensa chega ao fim e se abre à plenitude eterna e verdadeira do Cristo e de sua vida eterna."

No centro da relação entre Georges Bernanos e Paul Gordan está naturalmente a trágica questão do destino de Israel.

Com mais de cinquenta anos, o escritor não é mais o jovem propagandista do rei assombrado pela figura de Drumont e sua denúncia obsessiva da "conquista judaica" e do "grande banco apátrida". Mesmo

---

[3] *De qui tenir...* Paris, Cerf, 1979.

recusando renegar o panfletário antissemita que considera como o mestre de sua juventude, sua relação com o povo judeu mudou. Seu antissemitismo da juventude, prolongamento de seu anticlericalismo e de seu anticapitalismo, não resistiu aos fatos. A distinção que acreditou poder estabelecer, em *O Grande Medo dos Bem-Pensantes*, entre o antissemitismo político e o antissemitismo visceral – recusando este e adotando o primeiro – tornou-se criminosa no momento das primeiras leis raciais na Alemanha. Bernanos o compreendeu. Os dez últimos anos de sua vida são marcados por uma completa superação de seu antijudaísmo, não numa meditação teológica ou numa contemplação da História, mas numa resposta da honra.

Bernanos está tomado pela certeza, cristã e mais amplamente humana, já expressa por Platão em seu *Górgias*, de que é melhor sofrer uma injustiça do que cometê-la. Tomar o partido do perseguido contra o perseguidor é para ele uma questão de princípio. Na época de sua juventude, julgou que o antissemitismo era uma reação dos fracos contra os fortes. Uma vez que surgia como moral dos fortes, era preciso combatê-lo. É o sentido de sua afirmação sobre o antissemitismo extraída de um artigo de 1944, que alguns continuam recusando-se a compreender. "Essa palavra me causa cada vez mais horror, Hitler a desfigurou para sempre." Por mais chocante que pareça, essa provocação tem sentido. Bernanos, que observava o antissemitismo como a contrapartida do anticlericalismo, teria podido dizer do mesmo modo: "Essa palavra de anticlericalismo me causa cada vez mais horror, os assassinos dos padres espanhóis a desfiguraram para sempre".

Ele havia compreendido que não se podia mais rir da palavra "judeu", que não se podia mais escrever sem hesitar no momento das primeiras leis raciais na Alemanha. Ele não distingue, de fato, os judeus entre os inimigos da raça do Super-homem nazista. No entanto, entendeu, bem antes da revelação de um projeto de solução final, que uma lógica exterminadora estava em curso. Em *Nós Outros, Franceses*, concluído em junho de 1939, evoca "os horrores dos campos de concentração"; em junho de 1940, anuncia o pouco espaço que a Alemanha deixará aos elementos que não se integrarão na Europa nova: "Ela os destruirá pouco a pouco em seus fúnebres campos de concentração".

O antissemitismo em atos não lhe inspira nenhuma indulgência. "Ele se enganou de mictório desta vez", escreve Celine após a publicação de *Bagatelas para um Massacre*. Alguns meses mais tarde, escandaliza-se com a narrativa de seu sobrinho Guy Hattu, que acabara de chegar à América do Sul, sobre as humilhações infligidas aos judeus a bordo do navio no qual atravessou o Atlântico. Em janeiro de 1939, quando redige *Escândalo da Verdade*, em sua modesta residência de Juiz de Fora, escolheu definitivamente o seu lado: "Nenhum desses que me deram a honra de me ler podem acreditar que estou associado à repulsiva propaganda antissemita que se desencadeia hoje na imprensa dita nacional, sob ordens do estrangeiro". Mais eloquente ainda é a cólera que deixa irromper em fevereiro de 1943 a respeito de Georges Mandel, antigo ministro do interior detido há meses pelos alemães: "Quanto a Mandel, vocês dizem talvez que, não tendo nunca manifestado muito gosto pelos judeus, eu não falarei dele? Enganam-se! É a ele que vocês odeiam mais, vocês e seus mestres. Nesse sentido, ele me é mil vezes mais sagrado do que os outros. Se os mestres de vocês não devolverem Mandel vivo, vocês pagarão esse sangue judeu de um modo que surpreenderá a História – ouçam bem, cachorros –, cada gota desse sangue judeu vertido em cólera de nossa antiga Vitória é-nos mais preciosa do que toda púrpura do manto de um cardeal fascista". Em maio de 1944, um último artigo do período brasileiro detém-se na "questão judaica": "Não sou antissemita – o que, aliás, não significa nada, pois os árabes também são semitas. Não sou de nenhum modo antijudeu".

Três homens tiveram um papel nessa evolução de Bernanos durante esses anos. Três judeus. Stefan Zweig, Dom Gordan e Georges Torrès. Filho do advogado Henri Torrès e amigo de Michel Bernanos, este último se engajou nas Forças Francesas Livres e morreu na Lorena em 8 de outubro de 1944. Como Jean-Claude Diamant-Berger, jovem judeu assassinado na Normandia depois do desembarque, ele invocava a obra e o exemplo de Bernanos. Alguns dias antes de partir para a Inglaterra, viera até ele dizer-lhe: "Ele me falava de sua família, de seus amigos, de certas experiências que haviam ferido a sua sensibilidade precocemente dolorosa. Sua ida a Londres lhe parecia como a via da salvação, seu destino passava por Londres... 'Eu lhes mostrarei, disse-me de repente, como um judeu pode lutar'. E esse 'lhes' misterioso adquiria em sua boca uma inflexão de seriedade infantil que me tocou o coração com um pressentimento fúnebre".

Mais do que os fatos, foi ao heroísmo de um coração triste e generoso que se viu confrontado Bernanos. Transtornado pelo sacrifício de Henri Torrès, o romancista redigiu em sua memória o texto que deveria servir de prefácio a uma compilação de testemunhos sobre o gueto de Varsóvia. Uma meditação esplêndida, que prova que havia extraído sólidas lições das loucuras da História: "As sepulturas esfriam lentamente, o despojo dos mártires retorna à terra, a grama avara e as silvas recobrem o solo impuro onde tantos moribundos suaram seu último suor, mesmo os fornos crematórios se abrem escancarados e vazios às manhãs e às noites, mas está bem longe agora da Alemanha, é nas margens do rio Jordão que se ergue a semente dos heróis dos guetos de Varsóvia".

Assim Bernanos virou a página de seu antijudaísmo de juventude – desse ponto de vista, sua amizade com um homem que se tornou padre católico, isto é, um outro Cristo, continuando, apesar disso, a compartilhar das tribulações de Israel, exilado, foi providencial. O escritor evocou sem dúvida, frequentemente, com Dom Gordan, o lugar dos judeus no plano de Deus. *Salus ex judaeis est*, "a salvação vem dos judeus", repetia desde então como Léon Bloy, que ele amava mais do que deixava transparecer, mas com o qual detestava ver-se comparado. Dom Gordan podia interrogá-lo sobre os textos passados. Bernanos lhe respondia simplesmente. Uma carta de março de 1943 sugere isso: "Não posso mais me impedir de rir tentando imaginar as razões que você talvez tenha dado a meu silêncio – atribuindo-o, por exemplo, à minha decepção de dever agora odiá-lo como judeu, após não ter podido me impedir de amá-lo como alemão". A ironia do romancista prova que ele havia emendado seu antissemitismo – que nunca fora biológico nem médico como o de Céline.

Essa evolução interior, esse *aprofundamento* no sentido de Péguy, não teria sem dúvida sido o mesmo se Georges Bernanos e Paul Gordan não tivessem se ligado através de um mistério de perdão e piedade – o da profunda misericórdia do Cristo. "No Rio, coube-me receber todos os domingos a confissão desse humilde de grande coração", relatou Dom Gordan. Eram as últimas semanas que Bernanos passava na "cidade maravilhosa". Aos que creem poder filiar o autor de *A Alegria* à Grande Barbárie do século XX, oponhamos apenas esta imagem: a de um velho escritor, derrotado pela provação da angústia, prestes a retornar à França para uma última temporada que pressentia dolorosa, de joelhos sob a luz amarela do outono austral, confiando seus pecados a um padre de trinta e dois anos, que viera até ele fugido de nazistas decididos a matá-lo *como judeu*.

9
BRASIL, PAÍS DO FUTURO

> PODE-SE DIZER TUDO O QUE SE QUISER DO BRASIL, MAS NÃO PODEMOS NEGAR QUE SEJA UM DESSES PAÍSES CATIVANTES QUE IMPREGNAM A ALMA E DEIXAM NELA NÃO SE SABE QUE TOM, QUE CONTORNOS E QUE SAL DOS QUAIS ELA NÃO CONSEGUE MAIS SE LIVRAR.
>
> Paul Claudel

– No fundo, Bernanos, no Brasil, nunca deixou de viver na França. No último andar de um hotel em Copacabana onde nos encontramos numa bela tarde de junho, Hubert Sarrazin me conta com malícia a frase de Pedro Octavio Carneiro da Cunha. Este detém quase a totalidade dos papéis brasileiros de Bernanos. E inúmeras anedotas. Pedro Octávio conheceu os colóquios repentinos nos cafés do Rio, onde o escritor palestrava em francês, tão à vontade como se estivesse em Saint-Germain-des-Près, fraterno, inventivo, acompanhando as palavras com gestos.

De passagem no Brasil em fevereiro de 1943, Philippe Soupault, amigo inesperado de Bernanos desde os anos 1920, evocou, ele também, os colóquios franceses na avenida Rio Branco. "Ele se exprimia com uma franqueza e uma violência admiráveis. Sabia rir [...] de todos os odiosos grotescos que ousavam falar nessa época em nome da França, da, por assim dizer, revolução nacional, trabalho, família, pátria.

Essas três palavras, esse *slogan*, quando era pronunciado diante dele, bastavam para deixá-lo furioso. E as cóleras de Georges Bernanos eram homéricas, é o menos que se pode dizer."

Roger Caillois, mantido na Argentina pela derrocada francesa de 1940, conhecera Bernanos em 1941, através de Victoria Ocampo. O autor de *A Alegria* o chamava de "meu velho caranguejo". Em 1944, enviou-lhe um exemplar do segundo volume da edição brasileira do *O Caminho de Cruz das Almas*, com uma dedicatória magnífica: "A Roger Caillois, que pensa tanto sobre as coisas como seu bom e velho irmão e amigo, e que morrerá enforcado como eu".

De Bernanos, Caillois conservou uma lembrança comovida. "Eu o revi frequentemente no Rio... Morava no Hotel Glória, nós conversávamos no bar do hotel... Era muito tocante."

Hubert Sarrazin recolheu testemunhos diretos desses anos com os amigos brasileiros de Bernanos. Eles eram ainda numerosos nos anos 1960. Além de Pedro Octavio Carneiro da Cunha, pôde encontrar Alceu Amoroso Lima, Austregésilo de Athayde, Henrique José Hargreaves, Geraldo França de Lima.

– Inicialmente, meu projeto era apenas reunir os artigos do escritor publicados em francês nos jornais da França Livre e em português nos *Diários Associados*. Mas fui rapidamente levado a recolher os inéditos e a organizar tudo o que Bernanos havia escrito em sua temporada no Brasil. Depois interessei-me por suas cartas e pelas de seus correspondentes. Enfim, pus-me a reunir os testemunhos orais e escritos de todos que o haviam conhecido. A história de Bernanos no Brasil não poderia ignorar o que falaram dele, quando estava vivo, os que se aproximaram, que o admiraram, o amaram e fizeram dele, pouco a pouco, um personagem lendário.

Hubert Sarrazin me fala com paixão de seu monumental trabalho de pesquisa arquivado na University of Western Ontario em London, no Canadá. Um desacordo com Jean-Loup Bernanos torna a publicação impossível. Comovido com esse homem ferido, obcecado por antigas e vãs disputas, arrisco uma brincadeira.

– Só resta esperar dezessete anos...
– Em 2018, a obra de Georges Bernanos cairá em domínio público e os últimos inéditos com ela. Hubert Sarrazin sorri.
– *La France contre les Robots* [A França Contra os Robôs] aparecerá sob um dia novo, você verá! A edição original, publicada no Rio em 1946, apoia-se numa versão com problemas de datilografia. Está cheia de erros que as edições posteriores reproduziram. Quando tivermos um texto completo, as pessoas vão se espantar com as mudanças de sentido.
– Mas por que esses entraves? Há tantas coisas a esconder? Escândalos? Histórias sórdidas de dinheiro? Uma amante?
– Uma amante, certamente não. Tenho cartas da senhora Bernanos, com uma bela escrita, bem ao estilo da velha França, que dão provas de uma mulher ligada a seu marido, que esteve constantemente a seu lado nesses sete anos.
– Então?
– Não é segredo para ninguém. Durante sua temporada brasileira, Bernanos teve muitos problemas com seus filhos. Eu tive a oportunidade de falar com Chantal e Claude, que nunca esconderam isso. Chantal, que tinha vinte anos quando chegou ao Brasil, acompanhou a família até Vassouras, depois se recusou a continuar. Retornou ao Rio e permaneceu aí aos cuidados da cunhada de Virgílio de Mello Franco, Hilda de Boa-Vista, o que não impediu que engravidasse meses mais tarde.
– Eu entendo melhor o sentido da carta exposta em Cruz das Almas, na qual Bernanos evoca uma "novidade" que o faz escrever "tenho pena de minha pobre filhinha e de seu desespero".
– Essa carta data provavelmente de 1942. Nessa época, Chantal esperava um segundo filho. Mas o pai havia mudado. Desta vez, era o filho do cônsul da Itália de Belo Horizonte. Chamava-se Adriano Bianchi. O rebento de um diplomata fascista! Você imagina a raiva de Bernanos. Mais tarde, as coisas se acalmaram. Chantal casou-se com

9. BRASIL, PAÍS DO FUTURO

Watson Mesquita, um aviador brasileiro que conheceu em Barbacena. Juntos, tiveram quatro filhos, Vânia, Eduardo, Kátia e Nádia. Eles vivem próximo a Belo Horizonte. Fui visitá-los há algum tempo. Foi antes da morte de Chantal. Era ela muito afável, mas não dava importância às minhas pesquisas. "Só leio romances policiais", explicou-me.

– E Michel? Em Barbacena, a gente se lembra ainda de suas façanhas.

– Eu não conheci Michel. Seu destino me toca bastante. Ele nasceu no mesmo ano que eu, em 1923, e teríamos a mesma idade se ele não tivesse se suicidado. Em Pirapora, estava sempre ao lado de seu pai, levando uma vida aventurosa no meio dos animais e participando ativamente dos trabalhos da Fazenda Paulo Geraldo. Mas tinha um temperamento depressivo e o costume de beber. Em Barbacena, vivia como se pudesse fazer de tudo e atravessava a cidade a cavalo como se estivesse no *cerrado*. Seu relacionamento com o pai ficou difícil. Em outubro de 1942, deixou Cruz das Almas para aliar-se à França Livre. Numa carta, Bernanos escreve: "Ele nos deixou durante uma horrível crise de embriaguez". Ele se sentiu, de fato, abandonado. Depois de ter passado por Buenos Aires, Michel conseguiu alcançar Londres antes de embarcar num cruzador. Participou, em seguida, do desembarque e foi nomeado segurança do almirante Muselier depois da batalha de Caen.

– Nada de muito escandaloso.

– Não. Mas há outra história, que não tem nada a ver com Michel, mesmo que este último tenha sido confundido com um dos protagonistas. Foi por causa dela que Bernanos teve de deixar Barbacena ao longo do ano 1944, por causa dela também que se indispôs durante certo tempo com Geraldo França de Lima. Uma carta de 15 de abril de 1944 a Virgílio de Mello Franco menciona isso. Ela só está parcialmente reproduzida na correspondência da Plon. Possuo uma cópia integral, que permite compreender que uma série de confusões opôs os jovens de Barbacena a Gilberto Pereira e Maia, um rapaz de uns vinte anos que Bernanos havia contratado como secretário e como preceptor de seus filhos. Nessa época, Yves Bernanos, que tinha vários problemas de saúde e teve de fazer uma cirurgia de pneumotórax, tinha voltado a Barbacena, mas não parece ter se metido nessas rixas, o que não impedia seu pai de inquietar-se por ele e de o recomendar a Virgílio de Mello Franco. "Ele está, você não imagina, muito além de um mau caminho – não no caminho do crime, mas de todas as pequenas bobagens que terminam na prisão correcional e fazem a gente dizer mais tarde – tarde demais: 'Não acreditava que ele fosse capaz disso!...'"

– A esse ponto?

– Essa passagem foi cortada da edição da Plon, mas tenho a versão autógrafa. Farei uma cópia para você.

– A que pequenas bobagens alude Bernanos?

– Sempre a mesma história: durante a temporada da família Bernanos na ilha de Paquetá, entre dezembro de 1943 e janeiro de 1944, Yves se engraçou com a filha dos jardineiros, chamada Elsa. Ao deixar a ilha, sua namorada estava grávida. Yves parece ter tentado fugir da vontade dos pais de Elsa – que queriam que ele se casasse com a moça – e mesmo da lei, porque teve problemas com a polícia do Rio de Janeiro e de Belo Horizonte. Finalmente, casou-se com Elsa, e Marie-Madeleine nasceu no dia 4 de novembro de 1944.

– Isso parece mais com Mauriac do que com Bernanos.

– O escritor se lamentava. "É triste que meus filhos tenham tido tão pouca imaginação", repetia.

– Todas essas supressões nas cartas teriam então como único objetivo esconder alguns segredos simples da família?

– Segredos bem simples, de fato. Isso não obrigava a publicar uma versão truncada da correspondência.

– Sobretudo porque esses cortes arriscavam validar certas maledicências. Sempre indaguei sobre essas acusações repetidas de embriaguez.

– Era o que diziam os fascistas da embaixada. Um velho partidário de Pétain, que permaneceu no Rio, falava-me dele como de um "tribuno de bar". Contudo, encontrei testemunhos suficientes, e dignos de fé, para convencer-me de que essa reputação de bêbado era infundada. Bernanos, aliás, diverte-se com isso em vários artigos. Você se lembra: "Lembraram-me noutro dia que um velho imbecil lamentava frequentemente, diante de seus amigos, que eu só podia escrever bem sob efeito do álcool...".

A noite caiu sobre Copacabana, e fazia quase quatro horas que conversávamos com Hubert Sarrazin. Mil luzes brilham no horizonte sem a restrição do consumo de eletricidade. O governo assegura que as chuvas insuficientes destes últimos anos esgotaram os reservatórios das centrais elétricas.

De anteontem a hoje, fui lançado de um Brasil a outro. Não parece, contudo, que os costumes políticos, marcados por certo espírito feudal, tenham mudado muito.

Itamar Franco, antigo Presidente da República e governador de Minas Gerais, acusa Fernando Henrique Cardoso de ter conduzido uma política irresponsável de privatização do setor elétrico.

Enquanto isso, medidas impõem uma redução de 20% do consumo para as residências, de 15% para as indústrias e de 25% para o comércio. Cortes de eletricidade serão feitos em represália àqueles que desrespeitarem essas determinações. No Rio, metade da iluminação das grandes avenidas e túneis foi desligada. No alto do Corcovado, o Cristo Redentor está envolvido por uma luz avara. Nos campos de futebol da cidade, os rapazes se contentam com a pálida luz de um refletor.

No entanto, o Rio não está separado do mundo. Acima do Pão de Açúcar, o balé dos aviões que decolam do Aeroporto Santos Dumont me lembra que a hora do retorno se aproxima.

Com Hubert Sarrazin, evocamos longamente as últimas semanas passadas por Bernanos no Brasil. Nessa ocasião, ele me pareceu tocar algo de seu despeito e de seu sofrimento, um segredo que me escapara até então.

Durante sete anos, o escritor se inventou um Brasil íntimo que posso, desde então, ler do interior – *intus legere*, diria São Tomás. Entendo melhor essa confidência de Bernanos, que era apenas uma palavra comovida no momento de minha chegada ao Rio: "Nunca tive a sensação que tenho agora, senão nos tempos do colégio, às vésperas da volta das férias: ter de fazer algo inteiramente contra a minha vontade. Retornar à França agora".

Por meio da França ideal que reinventou para si sob a Cruz do Sul, pátria trazida na sola dos sapatos, incessantemente redescoberta por uma memória que queima, explode, despedaça e que limpa os escombros para o amanhã, Bernanos se ligou ao Brasil, pátria segunda embora bem real, formada por homens, histórias, paisagens. Rompendo com um velho costume dos viajantes franceses, habituados desde André Thevet e Jean de Léry a reportar do Novo Mundo imagens utópicas, o escritor afastou-se dos clichês – a imensidão, a natureza, as cores – para aproximar-se de um Brasil amado a partir do interior.

Pedro Octavio Carneiro da Cunha é duro ao dizer que Bernanos nunca deixou de viver na França. A ligação com o Brasil do autor de *Grandes Cemitérios* não foi imediata e ele pareceu por muito tempo noutro lugar, ocupado com antigas polêmicas. Contudo, a muda acabou pegando. Em *Escândalo da Verdade*, concluído em janeiro de 1939, Bernanos evoca um país que já se tornou seu. "A terra estrangeira que será, sem dúvida, o meu último abrigo." Uns meses mais e o epíteto "estrangeira" terá desaparecido.

Comparado com Blaise Cendrars ou Stefan Zweig, Georges Bernanos só visitou, de fato, uma pequena parte do Brasil. Os oitocentos quilômetros que separam Pirapora do Rio de Janeiro não são nada se pensarmos – clichê elementar – que "o imenso Brasil" é quinze vezes e meia maior do que a França, e que as extremidades de seu território, tanto de norte a sul quanto de leste a oeste, estão afastadas em 4 mil quilômetros. Distâncias equivalentes separam a Suécia do Marrocos e a Islândia da Polônia.

9. BRASIL, PAÍS DO FUTURO

Bernanos não percorreu senão uma ínfima parte desse território gigantesco. Não conheceu Porto Alegre, São Paulo, Bahia, Recife e muito menos Santarém e Manaus, cidades perdidas na Floresta Amazônica. Em Minas Gerais, onde passou grande parte de sua temporada, ignorou as destinações turísticas que havia registrado Stefan Zweig. Nenhuma vez evoca as cidades históricas fundadas na época da corrida do ouro, nem Ouro Preto, a cidade colonial de estátuas douradas, fontes decoradas e colinas verdes cheias de campanários. Em nenhum lugar fala da arte barroca que comoveu Claudel – raramente seduzido pelo Brasil, aliás.

O autor de *Caminho de Cruz das Almas* teve frequentemente a oportunidade para explicar essa indecisão que ninguém considerou como indiferença. Ele não viera ao Brasil como visitante, não viera como turista. Quis alcançar um lugar no coração dos homens livres. Enquanto vários de seus pares quiseram descobrir o Brasil em sua extensão, buscou compreendê-lo em sua profundidade.

Repetiu isso constantemente. Foram os habitantes desse país, mais do que suas paisagens, que o ensinaram a amá-lo. Cidadãos com nomes célebres, poetas, professores e políticos. Também, sobretudo, brasileiros de nomes desconhecidos, humildes, pequenos e sem patente dos quais Bernanos jurou certa vez ser o fiador diante dos juízes do vale de Josafá. "Não foram seus intelectuais que me fizeram compreender os camponeses, foram os camponeses que me fizeram compreender seus intelectuais – eis a verdade."

Foram esses primitivos *vaqueiros,* num vagão da estrada de ferro, chorando de raiva ao anúncio do armistício de junho de 1940. Foi esse vaqueiro mestiço derrotado por essa horrível novidade: "Dizem que nossa guerra acabou." *Nossa* guerra! O adjetivo possessivo surpreendeu o escritor. Foi um rapaz negro, na estação de trem de Barbacena, correndo a seu encontro para lhe mostrar o artigo intitulado "Homenagem a Bernanos" no *Correio da Manhã*. "Senhor Bernanos!... Senhor Bernanos!..." O escritor amou cada um deles. Eles formaram o Brasil íntimo e secreto, amigável e singular, despojado de suas cores de cartão postal e de suas imagens vulgarizadas, a que se doou. Depois dos homens, as paisagens. Passada a sedução solar do Rio, Bernanos levou tempo para domesticá-las. As montanhas cobertas pela floresta de Itaipava e de Petrópolis podiam ainda saciar a curiosidade de um homem de letras, seu gosto pelo encantamento exótico. No entanto, à medida que Bernanos foi embrenhando-se em direção ao interior de Minas Gerais, experimentou um mundo novo, pouco familiar ao viajante europeu – que vislumbra mais facilmente a verde Floresta Amazônica do que as árvores secas e retorcidas da floresta do trópico. No início, Bernanos ficou desconcertado com o universo árduo do cerrado. Essa dureza o assustava. Certa violência também, de que pareciam sofrer os animais tanto quanto as árvores. Em *As Crianças Humilhadas*, oferece da natureza uma pintura quase romanesca, evocando a "floresta anã, indefinida, cujo imenso rastejar cobre uma parte da terra, o bosque robusto, irresistível, com membros torcidos pela sede, agachados sobre suas coxas arqueadas, pendurados com seus milhões de braços disformes em cabos que não possuem mais quase nada de vegetal, as lianas gigantes, tão ressecadas que ressoam sob o dedo como um tambor".

Na época em que escreveu essa página, Georges Bernanos pediu a Jean Bénier para trazer-lhe tintas do Rio. Queria pintar essas paisagens de savana que o olho interior do romancista não conseguia capturar. Suas aquarelas permaneceram a de um pintor bissexto. A fotografia que sobrevive de uma delas, uma paisagem de Pirapora, revela, contudo, algo do face a face do artista com as "cadelas da angústia".

Depois de despedir-se de Pirapora, em maio de 1940, Bernanos não ofereceu mais nenhuma descrição tão precisa das paisagens brasileiras. Encontram-se em alguns de seus artigos evocações dos planaltos de Minas Gerais, das montanhas se encavalando ao infinito, observadas a partir da colina de Cruz das Almas. Entretanto, não

9. BRASIL, PAÍS DO FUTURO

mais esse lirismo solene, esse esforço criador que transparece em *As Crianças Humilhadas*.

A muda brasileira havia pegado. Podia-se pressenti-lo desde a primavera de 1939, através dessa confidência a amigos jornalistas. "Abstive-me mesmo de dizer uma palavra desse país até o tempo em que, recém-chegado, me sentisse livre a seu respeito, espectador benévolo, simples testemunho. Sinto-me no direito de falar agora porque meu destino encontra-se humildemente ligado ao seu, meu esforço a seu esforço, minha pobreza à sua pobreza. Não o observo mais de fora, estou dentro, e para dizer tudo, minha mulher e meus filhos comem de seu pão." Bernanos insiste num artigo publicado um ano mais tarde: "A ideia de deixar o Brasil para sempre não me vem mais agora. Há, desde agora, como que um pacto entre seu país e minha alma, a amizade que lhe dedico está selada".

Outras declarações de amor se seguiram. A mais comovente é o prefácio de *Carta aos Ingleses*, publicada em francês no Rio, em fevereiro de 1942: "O Brasil não é para mim o hotel suntuoso, quase anônimo, onde deixei minha mala à espera de retornar ao mar e voltar para casa: é meu lar, minha casa, mas não me creio ainda no direito de lhe dizer, tenho gratidão demais por ele para merecer algum crédito".

Tendo explicado que não se sentia mais no exílio no Brasil, Bernanos vai tentar oferecer um retrato moral desse país que se tornara para ele um "lar", uma "casa", uma "pátria". A tentação de fazer paralelos com a França é constante. O voluntarismo que presidiu a construção da nação brasileira aproxima da história da unidade francesa. Como a França, o Brasil é um país que nunca foi natural, um crisol estabelecido sobre um querer-viver junto, um contrato de todos os dias incessantemente reinventado.

Bernanos teve necessidade de tomar distância para compreendê-lo. Se *O Caminho de Cruz das Almas* está marcado por uma série de homenagens ao Brasil, é nessas duas cartas endereçadas a Jean Guéhenno depois de seu retorno à Europa que o romancista exprime melhor sua ligação com o Brasil. Convidado pelo Ministério das Relações Exteriores para fazer uma turnê de conferências, o autor do *Diário de um Homem de Quarenta Anos* escreve a seu amigo para pedir-lhe conselhos. Nessas cartas, datadas de agosto e de setembro de 1945, Bernanos faz uma apresentação bem bonita e precisa do país que acaba de deixar. O pitoresco é afastado para dar lugar ao essencial. A seu correspondente, Bernanos retraça as etapas de uma construção essencialmente política, lembrando que ela é frequentemente feita sob a invocação do exemplo francês.

"Você se verá em contato com um país que ama uma França que, precisamente, você ama e compreende perfeitamente. A fidelidade à França é lá algo muito mais profundo do que a *hispanidad* da Argentina."

Durante a guerra, Bernanos teve a oportunidade de relembrar que raça e nação não eram a mesma coisa. De um lado o instinto, de outro a civilização. "Restituir as raças contra as nações não é substituir por uma ordem nova uma ordem antiga, é aniquilar de uma vez por todas o esforço de dez séculos, é levar voluntária e conscientemente a Europa ao caos primitivo." No Brasil, o escritor reencontrou uma fé intacta na ideia de nação histórica, essa "magnífica conquista do gênio humano".

Para Guéhenno, ele estabelece um paralelo entre a história da unidade francesa e aquela, surpreendente, da unidade brasileira. "Os brasileiros não gostam, em geral, de ser tratados como negros pelos ingleses ou pelos norte-americanos, mas ficam encantados quando um francês diz de forma franca o que há de *verdadeiramente admirável* na experiência humana que eles realizaram, ao fundar conjuntamente três raças tão diferentes quanto a indígena, a negra e a portuguesa. [...] A mistura das raças não é uma coisa que um francês desculpe ou busque justificar, mas que admira e cuja lição compreende. A América do Norte fez uma espécie de associação de tipos humanos diferentes, mas o Brasil está formando uma nação – como fizemos uma nação francesa com bretões, auverneses e provençais."

Nesse sentido, Georges Bernanos invoca *Casa Grande e Senzala*, o grande livro de Gilberto Freyre, traduzido em francês com o título

9. BRASIL, PAÍS DO FUTURO

Maîtres et Esclaves [*Mestres e Escravos*], que mostra como as grandes massas humanas postas em presença no Brasil conseguiram fundar-se num amálgama íntimo e formar uma nação – contrariamente ao que ocorreu nos países de colonização espanhola.

Para Bernanos, que fugiu de uma Europa ameaçada pela irrupção de uma raça de super-homens, essa fusão é exemplar. Ele a observa em vários de seus amigos brasileiros, em Raul Fernandes, Oswaldo Aranha e Afonso Arinos, exaltando "essa inteligência brasileira que pelo milagre, sem dúvida, dessa mesma mistura de raças que faz com que suas mulheres e suas filhas sejam tão belas, é talvez a mais agitada, a mais sensível, a mais nervosa inteligência do mundo".

É à figura do mulato desde a Independência, leitor apaixonado de Victor Hugo e admirador de uma França emancipadora do gênero humano, que Bernanos retorna frequentemente depois de voltar à França. Como se a lição que trouxera da América Latina fosse política. Insistente ao denunciar a civilização nascida sobre as ruínas da Segunda Guerra Mundial, combatente da tirania das máquinas e da bomba atômica – que o Brasil recusou até hoje –, o escritor vê no homem brasileiro uma figura de oposição exemplar num mundo fraturado em suas essências e identidades.

Uma visão menos idealista do que se imagina, reclamando o lugar do sonho nos grandes projetos humanos. A visão, monárquica ainda uma vez, de um velho lutador que não havia renunciado a coroar o homem.

10

O ÚLTIMO SOL

E AGORA SÓ RESTOU DO AMOR
UMA PALAVRA: ADEUS.

Vinicius de Moraes, *Serenata do Adeus*

Eu não podia despedir-me do Brasil sem ir ver a escola primária que leva o nome de Bernanos no Rio. O recepcionista de meu hotel me havia dado o endereço; praça Avaí, Méier, no norte da cidade, num bairro aonde os viajantes europeus vão pouco.

Para além do estádio do Maracanã, lugar do confronto mítico entre Brasil e Uruguai na Copa do Mundo de 1950, encontrei essa escola, prédio de paredes brancas e azuis trazendo em cada uma delas a menção *Escola Municipal George (sic) Bernanos*.

Um edifício modesto, cercado por um muro cinza coberto de grafites, num dos bairros mais modestos do Rio. Essa prova de uma memória que se obstina teria comovido o autor de *A Alegria*. Detenho-me debaixo das palmeiras que margeiam a escola, sem que haja nenhuma outra coisa a esperar ou a ver. Os prédios ao redor exprimem certa pobreza, mas a atmosfera é serena por aqui.

Marie-Madeleine Bernanos d'Arc Santos, a filha de Yves, primeira neta do escritor, mora no bairro. Junto ao nome de seu avô ela traz o de sua avó, que a tradição familiar fazia remontar ao irmão de Joana d'Arc. "Bernanos me mostrou um dia a certidão que estabelece essa filiação", confiou-me Geraldo França de Lima.

10. O ÚLTIMO SOL

No dia 2 de junho de 1945, Marie-Madeleine embarcou com seus avós, seus pais, suas tias, Claude e Dominique, e seu tio Jean-Loup. A criança seguiu seu avô em Paris, em Bandol, onde viveram de dezembro de 1945 a setembro de 1946, e em seguida na Tunísia, onde toda a família se estabeleceu em março de 1947. Depois da morte de Bernanos, no dia 5 julho de 1948, no hospital americano de Neuilly, ao qual foi repatriado emergencialmente numa operação desesperada, Marie-Madeleine e sua mãe reatravessaram o Atlântico, deixando Yves debatendo-se com as complicações de uma interminável doença. No Brasil, reencontraram Chantal, estabelecida em Belo Horizonte, onde viveu até a sua morte em 1980. No ano seguinte, sua irmã Claude juntou-se a eles. Só ela realizou o sonho de seu pai, levando uma vida de pioneira, participando da fundação de uma cidade no coração da Amazônia, depois se instalando no fundo do Mato Grosso do Sul, perto do Pantanal. Longe demais, infelizmente, para que eu a visitasse.

Para Marie-Madeleine, a viagem fora mais curta. Eu tinha seu endereço, rua Joaquim Méier, no Rio, mas não ousei. Certo embaraço em entrevistar essa mulher, que eu não tinha certeza de querer responder às minhas perguntas; certo pudor diante dos detalhes de uma história familiar que começo a conhecer e que, passada uma fase, não acrescentam nada ao conhecimento de Bernanos.

O romancista falou, ele mesmo: "É o bom Deus que se abstém de punir e, ainda, penso que ele não o faz sempre, só dá a impressão, pois tudo acaba, cedo ou tarde, por perder-se na misericórdia como um rio no mar. O que não me perdoo é de não ter sabido proteger meus pequenos".

– Você fez mal em não ter ido visitar Marie-Madeleine. Ela não fala bem francês, mas teria evocado com grande alegria seu avô.

Professora na Universidade Federal do Rio de Janeiro, Fernanda de Souza e Silva pertence à nova geração dos amigos brasileiros de

Bernanos, que há uns quinze anos se seguiram àqueles que conheceram diretamente o escritor no Rio, em Itaipava, em Juiz de Fora e Barbacena. Em 1998, Fernanda de Souza e Silva organizou um colóquio que reuniu pesquisadores franceses, pesquisadores brasileiros e alguns últimos testemunhos no momento do cinquentenário da morte do escritor: "Bernanos e os anos Vargas", "Bernanos e Tristão de Athayde", "Bernanos e Sérgio Milliet", "Bernanos e Roger Bastide", "Bernanos e Murilo Mendes"... A programação revela uma vitalidade insuspeitada dos estudos bernanosianos nas universidades do Rio e de São Paulo.

No mesmo ano, Fernanda de Souza e Silva defendeu sua tese intitulada *Terror e Exílio em "Diálogos das Carmelitas" de Georges Bernanos*. Um trabalho baseado em informações sedutoras.

– O exílio de Blanche se relaciona com o exílio de Bernanos. Ela busca um lugar onde se refugiar, um lugar onde esconder seu medo. Depois do fechamento do mosteiro das Carmelitas, foge do convento, perdida entre as ruas de Paris. Confronta-se com o Terror, como Bernanos em Maiorca, sob a Ocupação e durante a Depuração. Terror e exílio levam a uma visão trágica do mundo, que é a dos *Diálogos das Carmelitas* e a que Bernanos fez de seu século.

Decepcionada com a fraca repercussão do colóquio Bernanos no Rio, Fernanda de Souza e Silva fica feliz, em contrapartida, com a acolhida entusiasta que a cada ano seus alunos reserva aos *Diálogos das Carmelitas*, que leem em francês. Bernanos permanece pouco traduzido.

Em 1942, surge a tradução do *Diário de um Pároco de Aldeia* de Edgard de Godói da Mata Machado. Em 1947, uma tradução de *Sob o Sol de Satã* de Jorge de Lima. Um editor do Rio publica uma tradução dos *Diálogos das Carmelitas*, e um de São Paulo, a de *Um Sonho Ruim*. Isso é tudo. Singular destino de uma obra que o público brasileiro descobriu e leu em francês. Sessenta anos depois, é difícil imaginar que as edições originais de *Cartas aos Ingleses*, *Senhor Ouine* e *O Caminho de Cruz das Almas* publicadas no Rio tenham surgido em francês e sido comentadas o mais naturalmente pela imprensa local. Essa francofilia das letras brasileiras não desapareceu por completo. No *Jornal do Brasil*, descobri uma página inteira dedicada a *Malraux* de Olivier Todd, recém-publicado em Paris.

– Malraux está muito presente na universidade brasileira. A professora Teresa de Freitas, que veio falar de Bernanos no colóquio, é também especialista em Maulraux. Faz seus alunos estudarem os dois autores na Universidade de São Paulo.

Ao final de nossa conversa, Fernanda de Souza e Silva me aconselha a voltar para entrevistar os descendentes brasileiros de Bernanos. "Eles são mais numerosos do que os franceses!"

Além de Marie-Madeleine, há os filhos de Chantal – Cláudio, Sérgio, Vânia, Eduardo, Kátia, Nádia – e os de Claude – Pilar, Chantal, Jean-Michel, Dominique. E os filhos dos filhos, bisnetos brasileiros do escritor espalhados entre o equador e o trópico de Capricórnio, no Rio, em Belo Horizonte, Lambari, Formiga, Campo Grande e Bonito.

O autor de *A Alegria* não pôde cumprir o sonho confiado a Hilda de Boa-Vista numa carta de fevereiro de 1946: "O maior, o mais profundo, o mais doloroso desejo de meu coração é revê-los todos, rever o país de vocês, descansar nessa terra onde tanto sofri e tanto tive esperanças pela França, esperar aí a ressurreição, como esperei a vitória".

Entretanto, essa naturalização, essa assimilação à terra e à alma brasileiras, fez-se através dele, por seus descendentes.

Com eles, reatou com a longa história dos emigrantes franceses no Brasil, que nunca conseguiram compor comunidades homogêneas, como os alemães e os suíços outrora, ou os japoneses hoje. O exilado francês é rapidamente incorporado à matéria brasileira, prova de uma inteligência preexistente.

Bernanos não deixou de afirmá-lo: por pouco que concebam uma ideia verdadeira de suas pátrias, o francês e o brasileiro não manifestam nenhum sentimento de raça. Um e outro pertencem a uma nação que é uma invenção política, uma obra-prima do artifício humano.

No Brasil, o último sol de Bernanos brilhou em Paquetá, pequena ilha encantadora da Baía de Guanabara, onde o escritor e sua família se refugiaram em dezembro de 1943 e janeiro de 1944, longe das preocupações domésticas de Barbacena e da agitação do Rio.

A oportunidade para eles de gozar férias de verdade, entre mangueiras, pés de laranja e buganvílias, à sombra de casas brancas ou ao longo de praias de areia branca onde meninos vendem aos gritos, e por algumas moedas, sardinhas grelhadas. A lembrança do Brasil colonial e do último rei português, que mandou edificar a pequena igreja de São Roque sob as palmeiras, comoveu Bernanos.

– Fui a Paquetá, dirá a Geraldo França de Lima. E, como nosso João VI, teria preferido não voltar de lá.

O trajeto de barco ao Rio durava uma hora. Na casa que havia alugado por intermédio de Virgílio de Mello Franco, Bernanos recebia frequentemente visitantes. Como Murilo Mendes, autor de *Poesia em Pânico*, grande poeta de Juiz de Fora, com quem debateu longamente sobre Claudel durante um almoço agitado.

Murilo Mendes gostava bastante do escritor e de seus rompantes: "Ele injuriava a chuva, o sol, Pétain, Hitler, Stálin e o Vaticano, também Claudel e todos os acadêmicos, a General Electric, cujos laboratórios, dizia ele, conservavam 85 mil invenções diabólicas prestes a transtornar o sistema do mundo, a pulverizar a poesia, a inocência e a beleza".

Em Paquetá, Bernanos recebeu igualmente a visita de Dom Gordan, "numa tarde quente na ilha feérica". O escritor leu a seu amigo beneditino as primeiras páginas do livro que estava escrevendo sobre Lutero. Com *A França contra os Robôs*, vibrante denúncia da tirania das máquinas, essas páginas publicadas depois de sua morte constituem um de seus últimos projetos de escrita no Brasil.

No entanto, como a *Vida de Jesus*, com a qual sonhou até o leito de morte, esse texto permaneceu apenas esboçado, o que não impede de situá-lo num dos pontos altos da bibliografia de Bernanos. Lutero era uma velha obsessão do romancista. Evoca-o inúmeras vezes em seus ensaios de combate e, sem dúvida, rezava frequentemente pela salvação de sua alma, como o pároco de Torcy no *Diário de um Pároco de Aldeia*. Por meio do trágico destino do reformador alemão, transparece a ambiguidade de toda revolta contra a mediocridade. Hipnotizada com seu objeto, ela corre o risco a cada instante de arremessar as almas fortes no desespero. Assim se deu com o irmão Martinho, escandalizado pela licenciosidade e pela simonia na Roma do Renascimento. "Ele também se desesperou, viram-no pegar o morso com os dentes, como um cavalo de trabalho que, tendo posto sua pata num ninho de vespas, vai embora coiceando com as quatro ferraduras, de barriga para baixo, e quando se deteve – não por cansaço, é verdade, mas para ver onde estava, retomar fôlego, farejar as feridas – a velha Igreja já estava muito para trás, a uma distância imensa."

É o risco de toda revolta que mensura Bernanos nessas páginas, o perigo de toda insurreição. O protesto dos justos é frequentemente desconsiderado diante das caretas de azedume ou de raiva daquele que o profere. É muito fácil para seus contemporâneos considerá-lo louco. O verdadeiro desafio é ser louco em Cristo, como Francisco de Assis, e não louco de despeito, como o irmão Martinho.

Meditando sobre esse paradoxo, Bernanos tem já a cabeça na França, preparado para o último combate. A liberação do velho país se prepara, todos o sentem no Brasil e noutros países. No dia 21 de setembro de 1943, Bernanos e os seus participaram no Rio do batismo do avião *Joana d'Arc*, cujo envio simboliza a França na direção de sua Liberação. Em junho de 1944, retornando a Barbacena, descobre que uma multidão em júbilo desceu às ruas de Copacabana entoando a *Marselhesa* com o anúncio do desembarque na Normandia. Ele não é mais o propagandista do rei que o Canto do Exército do Reno faz gritar. A bandeira tricolor tremula em Cruz das Almas e o escritor conhece o sentimento de afeição que suscita a República. "Nunca [...] fui republicano, mas compreendi agora o que essa palavra exprimia – a torto ou a direito – para milhares de homens que depositaram nela sua fé e orgulho."

No dia 14 de julho, é convidado a Juiz de Fora para a inauguração da Aliança Francesa. Nessa ocasião, fala do significado da festa nacional e lê algumas páginas da *Lenda dos Séculos* e dos *Castigos* a seu auditório. Um monarquista festejando o 14 de julho, lendo versos de Hugo! O sol do exílio amadureceu Bernanos mais depressa do que outros. Está convencido, desde então, da profunda unidade da história da França. Para ele, a República una e indivisível permanece "nosso reino da França" graças aos heróis de Bir-Hakeim e de Glières. Nenhuma página da história da França lhe é estranha. "Nossa Revolução, por seu princípio e seu espírito, não fere em mim nem o monarquista, nem o cristão."

Sua dialética política tornou-se sutil. Pois não deixa de se dizer monarquista. A seus olhos, a tomada da Bastilha, a proclamação dos Direitos do Homem e a abolição dos privilégios, longe de testemunhar em favor da república, dão provas dos benefícios da monarquia. A audácia e a generosidade do povo francês durante o verão de 1789 demonstram que os reis capetianos haviam sabido formar homens livres. Foi em seguida que tudo se degenerou. Depois da queda da monarquia e da execução do rei, o Terror marcou a entrada da humanidade numa era mecanicista e totalitária. Contra o espírito de 1793 e contra as "democracias uniformizadas", o monarquista Bernanos convoca um retorno às fontes inspirado pela frase do conde de Chambord aos trabalhadores parisienses: "Juntos, e quando vocês quiserem, retomaremos o grande movimento de 1789".

Em 15 de julho de 1944, o escritor recebe uma carta do embaixador Albert Ledoux: "O general De Gaulle, a quem falei de você no mês de março, me declarou imediatamente que gostaria de vê-lo perto dele".

Precisam dele. Mesmo alguns comunistas o reconhecem como um dos porta-vozes autorizados da vontade do povo francês. "É provável que Bernanos esteja na oposição, que seja!", teria dito o general, conforme relatou Pedro Octavio Carneiro da Cunha em seu diário.

Em 25 de setembro de 1944, novo telegrama do gabinete do general De Gaulle convidando-o a voltar para a França. Bernanos se declara decidido a cruzar o Atlântico. Em 10 de outubro, os vistos de sua família estão prontos. Contudo, o escritor hesita. No círculo do general, intermediários parecem dispor de grandes projetos para ele. "Você não sabe como é essa gente!", previne-o Austregésilo de Athayde. A advertência é amical, mas seu amigo se deixa enganar.

Bernanos conhece bem essa gente. Vê já a mística gaullista se transformar em política e, também, sente que deverá fazer ouvir seus latidos de buldogue. A depuração o fará urrar de raiva, ele assinará as petições de pedido de indulgência que lhe apresentarão, incluindo, sobretudo, aqueles que o insultaram nos jornais da Paris ocupada. Desde a guerra da Espanha, uma única moral: a recusa da violência mimética, a imitação de Jesus Cristo que rompeu o círculo da vingança ao rezar por seus carrascos. Se é preciso que cabeças rolem, que se faça pagar os generais derrotistas e os altos funcionários colaboradores, mais do que os jovens irresponsáveis engajados na Milícia.

De volta à França, Bernanos não hesitará em ser um sinal de contradição para os seus compatriotas. "É Dom Quixote. Ele atacou Pétain, na época em que viveu no deserto brasileiro, e, além disso, ele me enchia a paciência até as duas da manhã lendo poemas de milicianos fuzilados", se maravilhará Albert Paraz em *Le Gala des Vaches*.

Os artigos reunidos em *Nós Outros, Franceses*, as conferências publicadas em *A Liberdade Para Quê?* dão provas de sua fúria logo após a Liberação. Nem De Gaulle não escapará de seu despeito. Dois convites a Colombey não mudarão nada. Passada a hora trágica da pátria em perigo, o general e o profeta não terão nada a dizer um para o outro. Bernanos retomará seu caminho, como um templário de armadura perdido nos corredores do metrô, multiplicando artigos e conferências para alertar seus contemporâneos sobre a desumanidade da civilização das máquinas. Tornando-se Georges Boca de Ouro, viajará a Bélgica, Suíça, Argélia, Tunísia, para "enraivecer" seus contemporâneos.

"Não posso deixar de dizer que pagamos com a cabeça quando nos esforçamos para fazer com que se acredite que essa contracivilização da bomba atômica é uma fatalidade da história. Era fatal, realmente, que o homem construísse máquinas, e, aliás, ele sempre as construiu. Não era de nenhum modo fatal que a humanidade consagrasse toda a sua inteligência e toda a sua atividade à construção das mecânicas, que o planeta inteiro se tornasse uma imensa maquinaria e o homem uma espécie de inseto industrioso."

"Bernanos, seu lugar é entre nós": em 26 de fevereiro de 1945, um último telegrama do general De Gaulle acaba por persuadir Bernanos a deixar o Brasil. Ele acerta as últimas formalidades e, vende a casa de Cruz das Almas a Francisco Solano Carneiro da Cunha, o pai de seu amigo Pedro Octávio.

Pouquíssimas cartas, pouquíssimos artigos durante esses três últimos meses passados no Brasil; mas uma grande tristeza.

Bernanos sabe que sua missão histórica na América Latina terminou. Com os sonhos de uma paróquia francesa sob o trópico esquecidos, ele foi uma consciência e uma voz para a elite francófila. Seus artigos pesaram para a entrada do Brasil na guerra em agosto de 1942. Essa época, porém, já se concluiu. As disputas de Barbacena o afastaram de Cruz das Almas; viveu quase todo o seu último ano no Rio. Suas crises de angústia retomaram, sua produção jornalística foi menos frequente. Em dezembro de 1944, a União Nacional dos Estudantes o convidou para uma conferência de adeus à juventude brasileira.

Pedro Octavio Carneiro da Cunha conta que foram apenas vinte pessoas ouvi-lo.

Bernanos sabe também que seu retorno à Europa será uma decepção, mas não quer se furtar.

10. O ÚLTIMO SOL

Os últimos meses que passa no Brasil estão cheios de hesitação, arrependimentos e inquietude.

Dois dias antes de ir embora, Bernanos sobe uma última vez o Corcovado acompanhado por Pedro Octávio. Os dois homens descem no fim da tarde. Debaixo das grandes árvores, o escritor transtornado quer captar a luz da doçura do mel do outono austral. "É provavelmente a última vez que vejo esta hora", desabafa a seu amigo.

Haverá ainda a espera, as malas, as dúvidas, o porto, o cais, o barco, as promessas, os adeuses, a partida, a baía, o oceano.

E um suor frio no rosto de Georges Bernanos.

CIP-BRASIL. CATALOGAÇÃO NA FONTE
SINDICATO NACIONAL DOS EDITORES DE LIVROS, RJ

L313s

Lapaque, Sébastien, 1971-
Sob o sol do exílio: Georges Bernanos no Brasil (1938-1945) / Sébastien Lapaque; tradução Pablo Simpson. - 1. ed. - São Paulo: É Realizações, 2014.
144 p.; 21 cm. (Georges Bernanos)

Tradução de: Sous le soleil de l'exil
ISBN 978-85-8033-185-1

1. Bernanos, Georges, 1888-1948. 2. Escritores franceses - Biografia. I. Título. II.Série.

14-18019 CDD: 928.4
CDU: 929:821.133.1

21/11/2014   21/11/2014

Este livro foi impresso pela Paym Gráfica para É Realizações, em dezembro de 2014. Os tipos usados são da família Adobe Garamond e Elsie Swash. O papel do miolo é off white norbrite 66g, e o da capa, aspen linear 250g.